物語はいつも僕たちの隣に。

丸山浮草

産業編集センター

物語はいつも僕たちの隣に。

目次

1　七月　最終土曜日　朝――アパートの宇喜夫　5
2　ひなたの家の物語　20
3　七月　最終土曜日　午前――自宅の花園先輩　89
4　山姥異聞
花園先輩の担当教授へのメールと二つの添付ファイル　110
5　七月　最終土曜日　午前――文芸部室の宗介　134

6 最高のシャーペン 143
7 七月 最終土曜日 午後――文芸部室の宇喜夫と宗介 163
8 ぼんやり日記 183
9 七月 最終土曜日 午後――文芸部室の三人 221
10 冬の書店で 233
11 七月 最終土曜日 午後――文芸部室の三人 259
12 七月 最終土曜日 夕方――喫茶店の三人 266

イラストレーション
Qoonana

ブックデザイン
albireo

1　七月　最終土曜日　朝
――アパートの宇喜夫

蛇口から、ぽつん、と落下する水滴に目をとめたその瞬間、宇喜夫《うきお》は、かすかに震えるしずくの表面に、コップを持った自分の姿や背後の部屋の本棚、開け放った窓の向こうの青い空まで映っているような気がして、その、ゆっくりと回転する、ひと粒の水のなかにもうひとつの現実があり、こちらを覗きこむもうひとりの自分が存在すると、はっきり感じて驚いたのだが、その直後、水滴はステンレスのシンクの底で砕けて、散ってしまった。

驚きが消えてしまえば、現実の喉の渇きが身に迫る。

Tシャツにトランクス姿の宇喜夫は、いま感じた奇妙な感覚について考えるのはやめて、蛇口をひねり、コップに勢いよく水を満たすと、そのまま一気に飲み干した。

コップをシンクの脇に置き、キッチンから、背後の六畳間に歩き出す。そのまま窓に向かい、アパート二階の自室から、外を眺める。

海辺の丘の頂《いただき》に造られた大学を取り巻くように、アパートが立ち並ぶ地方の小さな学生街。

早朝の路上には歩く者もなく、なにもかもがその動きを止めている。

朝の空気はまだ涼しく、部屋のエアコンをつけなくても快適なくらいなのだが、陽射しは不思議なほどに強烈で、あまたのアパートの屋根や、無数の窓、電柱の列や張り巡らされた電線の一本一本、そして目の前の道路に置かれた赤い自転車や、メタリックブルーのガソリンタンクを持つバイクなど、視界に入るすべてのものの輪郭をシャープに際立たせている。

どこか遠くで、かすかにセミが鳴いている。

今日も暑くなりそうだなあ、と思いながら、宇喜夫は窓辺を離れる。

ベッドの脇、床に置かれたローテーブルの前に座り、ほとんど夜通し向き合っていたノートパソコンに目を向ける。液晶の画面にはワードの文書が展開され、グリッド線に従い、黒い文字が整然と並んでいる。大学三年生の宇喜夫は、同じ文芸部の仲間である宗介《そうすけ》から聞いた——正確には、不動産業を営む宗介の父が体験したもので、又聞きになるのだが——ある話をもとに、小説を書き上げようとしていた。それは一軒の家の話で、宇喜夫自身がアパートから実家に帰ったときに感じる懐かしい感覚や、そこで経験した幼い頃の思い出、親戚とのやりとり、さらに言えば、いったい「家」とはどういうものなのか、宇喜夫がいろいろ考えたことなども、だいぶ形を変えながら、詰め込まれている。

実はこの作品を最初に書き上げたのは去年の冬で、そのときは原稿用紙で四十枚ほどの短編作品だったのだが、枚数を大幅に増やして書き直す改稿を勧められて、それ以来、時間を見つけては書きつづけてきた。いまでは百枚という枚数になり、宇喜夫が初めて手がけた中編作品となった。

画面をじっと見つめて、しばらく悩み、キーボードを叩く。これで終わりだ。これで終わりにしよう。

〝夫はうなずき「楽しみです」と言うと、もうひとくち、ビールを飲んだ。〟

こんな結びの一文を書いたあとで、宇喜夫はキーボードから手を離すと、そのまま仰向けに倒れ、天井を見上げた。

それにしても、こんな話になるとはなあ。

書き上げた作品は、いつも、最後の文章を入力した瞬間、まるであらかじめそこに、ごろん、と存在していたかのように、いきなり出現してしまうような感じがする。自分の手から、ぶつん、と離れるというか、なんというか。宇喜夫はそんなことを考えながら、深く、大きく、息をした。

長い作業が終わったあとで眺める天井は、朝の空気の匂いが漂うなか、そこに貼られたボードの模様も、照明器具も、毎晩眠るときに必ず見ているのに、なんだか初めて出会うもののような気がした。


とにかく間に合った。書き上げた。書き上げたけど……どうしようか。


今日の午後、文芸部の部室に、この春卒業した花園《はなぞの》先輩がやってくる。

彼女こそ、宇喜夫に、この作品の改稿を勧めた先輩だ。

だから花園先輩が部室を訪れることを知った宇喜夫は、彼女に改稿後の仕上がりを読んでほしくて、自室にこもり、前期試験の勉強と並行して原稿の最後の三分の一を書いていた。その間は何度か徹夜もし、部室で毎日のように顔を合わせていた宗介にも会っていない。

それほど一生懸命やってきたわけなんだけれど……宇喜夫はむくりと体を起こし、パソコンの画面を見つめる。そして原稿の最初に戻り、読みはじめたと思ったら、一分もたたないうちに誤字をふたつ見つけて修正し、そのあと、うーん、と唸《うな》り声をあげた。ちょっと言い回しにも、微妙なものがあったりする。ほかにも、主語と述語のつながりとか、おかしいところがあった。

やっぱり、これ、推敲《すいこう》しないでこのまま見せたら、絶対、なにかいろいろ言われるだろうな……。

そこで宇喜夫は床にぽん、と置かれた、春遅くに発売された文芸誌に目を留めた。

とりあえず今日のところはこの文芸誌だけ持って部室に行こうかな。ひさしぶりに会うわけだし、あれもこれもと、いろいろ言って、めんどくさがられても困る。

でも。しかし。

せっかく間に合ったんだから、思いきって読んでもらったほうがいいのでは。

だが、しかし。

完全にこれでいいと、書いた本人も納得していないのにそれでいいのか。

それに、それにだ。

そもそも花園先輩は機嫌が悪くなるとなにをしだすか、わからん。

しかも。

花園先輩の場合、行動のスイッチがいつどんなタイミングでオンになるのか不明である。

じっとパソコンの画面を見つめながら、べつに、今日持っていくって約束もしてないしなあ……なんて、自分に言い聞かせるようにひとりごとを言うと、宇喜夫は、うん、と首を縦に振り、この作品を花園先輩に読んでもらうのは、次に会ったときにしようと決めた。

もっと、きちんと磨きあげてから、先輩に見せよう。

それが礼儀でもあり、自分の身を守ることにもなる……はずだ。

たぶん……たぶん、ね。


宇喜夫が初めて花園先輩に出会ったのは、法学部に入学した一年生の四月、ちょっと教養なんてものを身につけられたら、なんて軽い目的で入部した、文芸部の新入部員歓迎コンパの会場だった。

他のサークルの飲み会も同時に行われている「居酒屋のむらや　大学前店」の、だだっ広い座敷で、栗色の長い髪と淡い水色のスカートをふわふわさせながら登場した三年生の彼女を見るなり、宇喜夫は目を離せなくなった。

なんというか「衝撃的」という三文字を女性にすると、このような人になるのでは、と思ってしまうほどで、胸が高鳴るのが、わかった。

そして、目の前に座った彼女にどきどきしながら乾杯を終えると、なんと、彼女のほうから話しかけてきた。ねえ君、名前なんていうの、みたいな感じで。宇喜夫があたふたしながら、は、はい、濱田《はまだ》宇喜夫といいます、と答えると彼女は大声で叫んだ。

「浜だ！　ウキを！」

そして「君は釣りバカかー？」と、ツッコミを入れ、さらにニコニコしながら「今日から君のあだ名は釣りバカです」と宣告するので、宇喜夫が「あの、自分は釣りをしないのでそれはやめてください」と懇願すると、

「じゃあ、ウッキーで」

「あ。はい。それで。はい」

そのとき、大学生活中の宇喜夫のニックネームが決まったのだった。

さて、この宇喜夫という名前だが、小学生の頃に学校の授業で自分の名前の由来を調べるというものがあり、母親に訊いたところ「宇宙くらい大きな喜びをもたらしてくれた自慢の息子だから」と教えてもらい、長い間、誇らしい気持ちとともに、そう信じてきたのだけれど、この一件のあとでふたたび母親に同じ質問をしたところ「浮き沈みの激しい世の中でしょう。なんというか、世の荒波に揉まれても、沈んでしまわないようにね……」と、妙にリアルな人生観がぷんぷん匂う理由に変質しており、そのことに宇喜夫は驚いたのだが、それはまあ、置いておくことにしよう。

とにかく、花園先輩は宇喜夫の大学生活における名付け親であり、ある意味ゴッド・

ファーザーというか、ゴッド・シスター的な存在になったわけで、なった以上「教育せねばなるまい」的な義務感を感じたのか、大学生活に慣れる頃合いを見計らって宇喜夫にいろいろ小説を勧めて貸し与え、無理やり感想を聞き出すという、割と体育会的なノリのトレーニングみたいなものが始まった。

「セリーヌはどうだった？」

「はあ、ずっと頭が痛かったです」

「バロウズはどうだった？」

「わけがわからないのにこれだけのページを読んだ自分に感動しました」

「カポーティはどうだった？」

「なんか、すごい、おしゃれ？　な感じかと思ったら、なんか、重くないですか」

「ピンチョンは？」

「読んでいるうちに、いまなにが起きているのかよくわかんなくなって……」

「サリンジャーは？」

「バナナフィッシュって、どんな味がするんでしょうね。ちょっと食べたくないです」

と、まあこのように「暖簾《のれん》にハンマー」「底なし沼に杭」なんて、ちょっと誇大な表現をしてもいいくらいの状況で、草木も生えない知性の荒野というかなんというか、惨憺《さんたん》たる有様だったのだが、それでもからかいがいがあるといえばあるのか、花園先輩は飽きもせず宇喜夫に本を貸し、感想を聞くなど、けっこう可愛がったのであった。

さらに、時には文芸部の活動以外にも小品を書かせてダメ出しをすることもあった。

「ウッキー。この人、なんで死んじゃったの？」

「なんででしょうね」

「お前が作者だろー」

とか。

「ウッキー、丁球って、なに？」

「テニスですよ。知らないんですか」

「いや、間違ってるのは君のほうだから（怒）」

とか、とか。

「ウッキー、三点リーダーの点々は二文字分使いなよ……」

「そこをあえて一文字分にすることで会話の間を詰めてみました…」

「その工夫、たぶん伝わんないから、やめときな……」

「……」

とか、とか、とか……。

一方、このように可愛がられた宇喜夫にしてみれば、このトレーニングはまんざらではなかった反面、実はちょっと彼女のことが怖くて断り切れない側面もあって、花園先輩が卒業するまで、うれしいのかつらいのかよくわからない日々がつづいていたのである。

その理由のひとつは、文芸部の壁にある。

文芸部は、だだっ広い大学敷地の西の隅、安っぽいプレハブ造りの第二部室棟の二階にあるのだが、その部室の壁には巨大なベニヤ板が張られている。

それは花園先輩がバットを振り回して穴を開けたからだ。

理由は特にない。たまたまサークル対抗の野球大会で使ったバットを本棚の脇に置きっぱなしにしておいたところ、コンパの帰りに酔っぱらった花園先輩が部室にやって来て、なんかスッキリしないなー、と言いながらバットをフルスイングして、バコン、と壁に大穴を開けてしまい、隣の人形劇部との間にトンネルを作ってしまったのだ。

「お前にも見せたかったわー」と、そのとき偶然部室にいた友人の宗介いわく「ボールに当たってれば柵越えだったんじゃねえの」みたいに見事なスイングだったらしい。

つまり「君は今日から釣りバカ」発言でもその片鱗《へんりん》は見せていたのだが、花園先輩は、なにをやりだすのか予測がしづらいのだ。宇喜夫は大学祭の後夜祭で酔っぱらった彼女に蹴飛ばされ、キャンプファイヤーに頭から突っ込みそうになったこともあるし、部室で昼寝をしていたら、額《ひたい》に油性マジックで〝肉〟と書かれたこともある。最も戦慄《せんりつ》したのは昼休みに部室に立ち寄ったとき、夕方提出期限のレポートの最初の三枚を使って洟《はな》をかまれたことである。

だから、ちょっと怖い。ふつうに話をしていても、とつぜん機嫌が悪くなることもある。

そんなめんどうな相手なら距離を置けばいいのだが、なぜか……置けない。

で、ベニヤ板の件なのだが。

騒動の数日後、宇喜夫が部室に行くと、花園先輩は真剣な表情でカナヅチを握り、壁にベニヤ板をトンテンカンテン打ちつけていた。

昨日まで、壁の穴は文芸部長が調達してきた魔法少女のアニメのポスターで塞《ふさ》がれていたのだが、そのポスターは、ぐしゃっ、と、まるめて机の上に放り投げられている。

「なにやってんですか？」と宇喜夫。

「あたしが部室に来たら、ポスターがめくれてて、そこからピンクの熊の人形がこっちを覗いてたのよ」と花園先輩。

「マジですか」

「目と目があったら、手を振りやがって」

「ええー」

「カバンで殴って、それからホームセンター行ってきた」

一心不乱にベニヤ板を釘で打ちつける花園先輩を見ながら宇喜夫は、実は先輩も、けっこう怖がりなんだなあと思い、彼女の意外な側面を見て、その距離がまた少し縮まったような気がした。

「あの、手伝いましょうか」

「もう終わるから。あたしの勝手でしてるわけだし」

そんなやりとりのあと、先輩の手にしている釘を見て宇喜夫は、あれ、その釘、ちょっと長くないですか、まさか先っぽは隣の部屋に出てないですよね、と不安を感じたのだけれど、彼女の表情が真剣すぎて、どうにも言い出せなかった。


いま、宇喜夫は自分の部屋のノートパソコンの前で、そのときの花園先輩の姿を思い描く。すると、なぜか左手にこの小説の印刷原稿を持ち、右手に鋭く光る大きな釘を握りしめながら「よくも、あたしにこんなものを……」と、低い声で語りかけてくる花園先輩が目に浮かんできた。

なんでやねん、と宇喜夫はそんな自分自身の想像に大阪弁でツッコミを入れると同時に、この作品の前身である短編小説を、卒業目前の花園先輩に読んでもらったときのことを思い出していた。

雪が積もった冬の夕暮れ、石油ファンヒーターが吐き出す暖かい風がどこに消えてゆくのか不思議なほど寒い部室で、オレンジ色のダッフルコートを着た花園先輩は、開口一番「ウッキー、よくやったよ！」と、宇喜夫をほめ、うなずきながら拳を突き出し、親指をぴん、と立てる〝サムズ・アップ〟のポーズまで決めたのだが、その直後「でも、ちょっと、痩せてるね」と、ぴしゃりと言ったのだった。

「痩せてる？」

「なんていうか構造しか見えてこない、よくできたあらすじみたいな感じでさ。シンプルと言えばシンプルと言えるのかもだけど、この作品の場合はウッキー自身の思い出とかいろんなものを入れて、もっといろんな味を味わえるように太らせたほうがいいね」

「デブにするんですか」と、宇喜夫。こんな軽口を叩くのは、今一歩、花園先輩の言っていることが、わかるようなわからないような感じがするからである。もっとも、このようなやりとりにはもう花園先輩のほうも慣れている。

「ぶっくぶくの、デブにすんのよ！」そして手にした原稿をバサッと、部室の机の上に投げ、大きく両手を広げ、語りはじめる。「ウッキー、もっと、いろんな、ウッキー自身の細かい出来事とか思い出とかをさ、この作品の口から喉の奥まで手を突っ込んで、突っ込めるだけ突っ込んじゃおうよ。フォアグラ作るときみたいにさ。ガチョウは可哀想だけど、これは小説だしね。そんな感じで太らせよう。そうすることで『自分のうちでもこんなことが』とか『このうちではこんなことが』とか『こんなところでそんなことが』とか、いろんなところで思ってもらえたほうが、物語を読み終わったあとで感じたり、考えたりできることも、読者によって……それぞれの読者の送ってきた人生によって、大きく変わってくると思うよ。だから、そのためには、もっと枚数を増やしちゃおう。二倍あっても、全然、いいと思うよ」

「というと……四百字詰め原稿用紙で八十枚くらいですか」

「百枚目指そう」

「長《なが》っ！」

「長くない！」

「えー」

「できるできる。ウッキーならできる」

「えー」

とまあ、このような経緯があって、約半年にわたる改稿後の現在、原稿用紙で百枚、そのまま出力すれば、けっこうな厚みを持つ作品となったのである。

よく考えると、花園先輩はこの作品に関して、そうとう期待していたんじゃないだろうか、と宇喜夫は思う。そうなると……。

うん、やっぱり推敲してない小説を提出するのは、危険だ……。

今日、この作品を先輩に渡さないという自分の判断は、まったく、正しい。

宇喜夫は、そう確信する一方で、でもちょっと、ある意味病んでるかもしれんなあ自分……と思いながら、ノートパソコンの電源を落とそうとした。

そこで、気がついた。

あ。そういえば、これ、タイトル考えてなかったぞ。

宇喜夫はしばらく腕を組んで考えたあとで、キーボードをカタカタ叩き、原稿の最初に『ひなたの家の物語』と書き込むとデータを保存し、パソコンの電源を落とした。

2　ひなたの家の物語

八月半ばのある日、海を見下ろす坂に根を張る集落の上で太陽は燦々《さんさん》と燃え、緑あふれるなだらかな丘に周囲をぐるりと囲まれた小さな港は、ゆらゆらとゆれる波の上へ真珠を敷き詰めたように輝いている。港につながれた大小さまざまな漁船の船べりが波の光を反射して、海の上に落ちる影も消えてしまいそうな午後一時。空よりまぶしい海をのぞむ丘のなかほどで銀色のバスはとまり、二人の男女が降りてくる。年の頃は三十代のはじめか、中頃のように見える。男は浅黒い肌に短い髪、麻の生成《きな》りのズボンに白い開襟シャツという出で立ちで、藤色の風呂敷包みを片手にぶら下げている。女はセミロングの黒髪に白いワンピース、よそゆきの小さなショルダーバッグを肩にかけ、片手には畳んだ日傘を持っている。男は女の脇で立ったまま、彼女が日傘を開くのを待った。

「入ればいいのに」

「僕は、いいよ」そう言うと、男は坂道を上りはじめる。

「ちゃんとわかるの?」と彼女。

「だいたい」と彼。

その言葉が終わらぬ間に、彼女は小走りに駆け、彼の隣に並び、歩みを並べる。

「もっと、ゆっくり歩いてよ」

「うん」と男はこたえるものの、歩幅はいっこうに小さくならない。彼女は少し歩いては駆け、また歩いては少し駆け、を繰り返す。彼は表情にこそ出さないが、心ひそかに、彼女が小走りに近づく様を楽しんでいるようでもある。


つげの垣根に沿って二人は丘の高みを目指して歩く。

丘を上る道路に沿って左右に並ぶ家々は、各々の土地を分ける生垣や庭にそびえる杉、松などの木々、天に向かってゆっくり伸びるへちまや朝顔の蔓《つる》、そして実りの時季をむかえた畑の野菜などさまざまな植物に彩られ、まるで緑のひな壇に並べられたミニチュアのよう。そのかたわらをすすむ二人は、さながらジオラマのなかを移動する小さな人形といった風情で、ゆっくりゆっくり上へとのぼってゆく。

彼らの歩みが目指す方向、一軒の家の垣根の前には、これもまたたいへん小さな人影がしゃがんでいる。その男性は、いまちょうど入り口脇の雑草を刈り終わったばかり。どっこいせっと、腰をのばすと麦藁《むぎわら》帽を脱いでパタパタとあおぎ、ほんの少し、涼やかな風を浴びて息をつく。首にかけた、旅館の名入りタオルで汗をぬぐう。年の頃は五十も半ばを越えたあたり。紅いハイビスカスの絵が描かれた派手なアロハを着、カーキの半ズボンに長靴を履いている。その足もとには先ほどまで握っていた鎌と刈り取った雑草を入れたブリキのバケツ。坂道を上ってくる二人の姿を目にとめるや、麦藁帽子を手に持ったまま、おーい、と両手を振った。彼と彼女が会釈するのを見ると、微笑みをうかべてふたたび帽子をかぶり、バケツを持ってゆっくり敷地内へと歩きだす。家の軒先に並んで置かれているのは、小さく、ふるびた青いクーラーボックスと、様々なゴミを詰められ、まるまると太った三十リットル入りの黄色いゴミ袋。男はバケツをかしげ、ゴミ袋に刈り取った雑草を入れて口をかたく縛ると路上にもどり、そのまま二人が来るのを待った。

開襟シャツの彼は、つげの垣根が途切れた家の敷地の入り口で風呂敷包みを彼女に渡すと「どうもです」と言いながらアロハの男に向かって頭を下げる。彼女が畳んだ日傘を風呂敷包みと交換するように彼に渡していると、それを見ていた男が「こらまた、お似合いの新婚さんで」と、お世辞のような本気のような、とにかく声に力を込めて言ってきたので彼は微笑み、彼女は、あらまあ、お上手でと、やはり微笑みながら返事をした。彼女は受け取った風呂敷包みをほどくと、デパートの包装紙をまとった菓子箱を麦藁帽の男性に差し出す。

「お世話になります、こちらつまらないものですが」

「おやまあ、いいですて」と麦藁帽の男。「おら、ふつうに不動産屋の仕事やってるだけですがの」と言いながら、しかし、手はしっかりと菓子箱を受け取る。

「では、まあ、入りますけえ」不動産屋は二人と軽い会釈を交わしながら、菓子箱を片手で抱え、二人を導くように反対の腕を前へ出し、こちらへ、と歩みをうながす。

その腕の先にあるものは、平屋の一軒家。垣根から玄関までつづく小さな前庭には芝生も舗装もなく、数十年にもわたる家人の営みによって踏み固められてきた硬い土がむきだしになっている。自家用車を停めてあったのかタイヤの行き来した跡は二筋の轍《わだち》となってへこんでおり、おそらく、車体の真下、両輪の間のあたりには背の低い雑草が地を這うたてがみのように青々と生えている。道路や隣家との境となる垣根に沿って、植木鉢やプランターが並べられているが、いくつかの鉢に植えられた植物は枯れ、ほかのものには夏の陽射しに干からびた土塊が詰められているばかり。手入れをされぬまま、永い年月が経っているようだ。

不動産屋は三人の先頭に立ち、手に持った菓子箱を笑顔で眺めつつ二、三歩ゆっくり歩きだす。そして頭を上げると突然、あ、と小さな声をあげて弾むように三、四歩駆け、玄関庇《ひさし》の下、引き戸につづくコンクリートの段へ、パッ、と小さく跳んで上がり、庇を支える二本の柱の右側にかかっていた「瓜生《うりゅう》」の表札をさっ、と取り外して柱の陰へと置いた。

玄関へやってきた二人に「こら、うっかりしてました」と不動産屋。

「あ、いえ」と彼女。

「なんでこんげもんがいまだにかかっておったんか……」不動産屋は足もとの木の札に目を落としたままつぶやき、小首をかしげるが、答などいまここで出しようもない。

「じゃあ、とりあえずなかへ、どうぞ、どうぞ」と言葉をつづける不動産屋の声と、玄関引き戸がからからと開く音を聞きながら、日傘を玄関脇に立てかけた開襟シャツの彼は、表札がはずされた柱の表面に、ごくわずかな、傷を見つける。ずいぶん年月が経ち、木の表面になじんでいるようだが、それとなく違和感があり、よく見れば、なにか棒のようなもので叩いた跡だとわかる。

それはこの家を建てた瓜生さんが革のベルトでつけたものだ。

＊

瓜生昭彦さんは三十代半ばでこの家を建てた。大きな戦争から約四半世紀が過ぎ、昭和も終盤へ差し掛かろうとしていた頃のことだ。

雲ひとつない青空が丘の上にひろびろとひろがる五月のよく晴れた朝、大工から引き渡された我が家の前で、昭彦さんはオフホワイトの綿のズボンから茶色いベルトをスッと抜くと、なかほどからふたつに折り、真鍮《しんちゅう》のバックルと先端をかさねて右手に握った。そして、凛とした面持ちで玄関を鋭くにらむ。

「えー、とうちゃん、なにすんのん」と、昭彦さんのななめ後ろから、六歳の一人息子、マーボーこと、まさあきくんがたずねる。晴れの日ということで、七五三のときにあつらえた子供用スーツに身をつつみ、頭にはヤクルトスワローズの帽子をかぶっている。たくさん絵本がつまった段ボール箱の底をまっすぐのばした両手で支え、ちょっと背をのけぞらせ、全身で抱えている。「ねえ、荷物、トラックからおろさんの？」

「まずは家負けしねようにな」と、とうちゃんこと昭彦さんがこたえる。

「家負け？」とマーボー。

「マーボーはわからんよねえ。ねえ、マーボー」と話しかけるのは、かあちゃんこと、なか子さん。こちらは引っ越しにそなえて普段着の藤色の化繊《かせん》のシャツと紺色のズボン、その上に割烹着を着込み、軍手まではめている。「よくねえ、あたらしい家を建てたあと、そこのご主人がからだをこわしたり、けがしたり、不幸がつづいたりすることがあるんよ。もちろん、それぞれの病気やけが、事故なんかの理由はちゃんと、いろいろあるわけなんだけど、どうもそれだけじゃねえ。とにかく家を建てたあとにそうなるんさ。よくわからんけど。それをこの辺じゃ『家に負ける』言うんよ」

「はー」とマーボー。

ベルトを片手に握りながら腕を組み、目を閉じて深くうなずく、とうちゃん。

「じゃあ、家に勝つにはどうすればいい思う、マーボー」と、かあちゃん。

「えー」とマーボー。そんなことより手に持った箱が重い。「わからんよう」とこたえる。

「ようは、この家に、誰がご主人様か、よくわからせるんが一番いうことら」とうちゃんが言葉を継いだ。「だっけなあ、玄関とか部屋の壁とか、ベルトや棒で叩いて、俺が今日からここの主人や、言うてわからせるん。お前なんかに負けねえろー。俺がお前の主人らろー、と、よう言いきかせながら、叩いていくん。俺に悪さすっと承知しねえろーって、言いきかせるんさ」

「へー」とマーボー。そんなことより、絵本を入れた箱がほんとうに重い。腕がぎゅーんと地面にむかってひっぱられるようで「ねえ、とうちゃん、さっさと勝って」

「そんなん言われんでも、俺なんか負ける気ねえわや」と言い放ち、とうちゃんは右手を大きく振り上げ、息を止め、玄関庇を支える柱に向かって、ふたつ折りにしたベルトを一気に振り下ろした。バシン、と大音響が轟《とどろ》いて、あまりの音の大きさにマーボーは驚き、指をすべらすと絵本の詰まった箱はその足もとへ、ドシンと落下し、両足の指先に発生した痺《しび》れるような痛みが神経をつたってマーボーの脳に届くと同時に「あんた！　なにやってんのん！」かあちゃんの怒鳴り声が周辺に反響する。小さく「あちゃあ」と言うのはとうちゃんの声で、マーボーは強烈な痛みに耐えようと肛門に力を入れ、歯を食いしばったその瞬間に、あれ、柱になんかものすごい傷ができちゃったじゃん、と気づき、次いで、とうちゃんなにやってるん、というなんともやりきれない感情が込み上がってきて混乱してしまい、ほかにどうしようもないのでとにかく「いてーいてーよーあしいてー」と大声で泣きはじめた。

「お前らなにやってるん」と言って玄関前の小さなスペースに乗り入れた、これまた小さな軽トラックから降りてきたのは、銀縁メガネをかけ、白いTシャツに青いジーンズ、頭に赤いタオルを巻いたとうちゃんの中学からの友人、甘利《あまり》くんだ。ニコンの一眼レフカメラを片手に「おら、記念写真撮るぞ」

とうちゃんは驚いた。

「なんで、いまなん」

「だってこれからトラックにごっそり積んだ家具とか下ろしたりしなきゃなんねえし、引っ越し終わったあとだともう、疲れて写真どころじゃなかろう」と甘利くん。「言葉にこそ出さねえけど、ちゃんとお前らのこと考えてるんよ、やさしいろう、俺」と言葉に出して、はっきり言った。

かあちゃんは柱の傷を見て、なんだかもう疲れてしまったようだ。

「べつに写真なんかいいですて」

「いやー」と甘利くん。にこにこと笑いながら、カメラをぐい、とかあちゃんの視線の先まで持ち上げ「こういうのはあったほうがいいて。これいいカメラらし。月賦、すごい長いんさ。ものすごい、いいカメラなんよ。だっけ、あとでぜってえ、甘利さん、ありがたかったわあ、言うて」

「そんなもんらかねー」とかあちゃん。

とうちゃんもそう言われるとその気になったようで「こら、マーボー、泣きやまねえか。なんだ、本落っことしたくらいで」

「そういえばマーボーなんで泣いてるのん」と、かあちゃん。よほど動転していたようで、ようやく状況を飲みこむとマーボーの靴下を脱がせ、足先を見て「ああ、大丈夫、大丈夫。いたかったなあ」と足の指をなでる。「靴ちゃんと履けるか。大丈夫か」マーボーはぐずぐずと鼻を鳴らしながら「うん大丈夫。うんひとりで履ける」と言って、しゃがんだかあちゃんの肩に片手をかけ、もう片方の手で靴下を器用に広げ、足先を入れてひっぱりあげると、その下に置かれたぴかぴかひかる革靴にねじこんだ。

「おう上手、上手」とかあちゃん。

「過保護ちゃうの」と甘利くん。

「ほっとけや」と、とうちゃん。

このような顚末をへて新築の家の玄関前に並び、三人で撮った記念写真。その構図は泣き顔のマーボー、わが子の後ろに立ってその両肩に手を置き、顔を上からのぞきこむなか子さん、二人の隣に立ち、満面の笑みを浮かべながら、腰のあたりでふたつ折りにしたベルトをピン、と両手で張って持つ昭彦さんといったものとなり、玄関を入ってすぐ左、コンクリートの三和土《たたき》の上に置かれた靴箱の上に飾られることとなったのだが、その写真を見た誰もが昭彦さんにむかい「お宅は厳しく躾《しつけ》をされているのですね」と、ある者は感心して褒め、ある者は冷ややかにつぶやくといった具合になり、早々にアルバムへ仕舞いこまれることとなった。

＊

「あら」とつぶやくのはワンピースの彼女。

長靴を脱ぎ、上がり框《がまち》から廊下にあがる不動産屋の後ろ姿へ声をかける。

「シューズボックスが、まだ、ついたままなんですね」

彼女の後ろから玄関をくぐろうとした開襟シャツの夫は、明るい屋外と家の陰との狭間に立ったまま、その目を一瞬細め、そのままじっと下駄箱の天板を見つめる。白い浜辺の向こうに茶色の波紋がひろがるような杉の木目が美しい。

不動産屋は振り返る。

「ああ、それは、大工さんがこの家用に作った一点物なんですわ」

廊下にあがったまま下駄箱へ近づく。

「これ、こぢんまりとした下駄箱ですが、いいものでしょう。これはやっぱり、この家のもんだっつう気がして、処分はせんかったです」

そう言いながら不動産屋は夫婦の顔を交互に見やる。なかなかお目が高いとでも言いたげな、どこか得意げな、ほんの少し浮きたつ気持ちが瞳の奥に見える。そして、あ、そうだと唐突になにかに気づいたような顔になると「これ、ちょっとここに置かせてもらいますわ」と言って、その下駄箱の上に菓子箱を置いた。そして頭にかぶった麦藁帽子をそのまま背中に落とし、革のあご紐が首に引っかかり、帽子を背負う格好になる。「家んなかで、帽子かぶるんは、失礼らっけね、へへへ」と言うと不動産屋は二人のほうに向いたまま右手を上げ、言葉をつづけた。「こちらのほうにあるのんが物置とトイレになります」つぎに左手を上げ「すぐそこの引き戸の向こうが応接間ですわ。とにかく、靴脱いで、どうぞあがってください」

夫婦はそれぞれ靴を脱ぎ、廊下に上がった。

太陽の光が真下に落ちる夏の午後、陰の下りた家のなかに入ると、それだけで、熱く灼《や》けた夏の空気が遠くなってゆくようだ。応接間への引き戸はすでに開いており、部屋の向こうに見える窓ガラスも開かれている。うす暗い室内でひときわ輝く、四角く切り取られた明るい陽光と木々の緑。角部屋の、ふたつの壁に設けられたそれぞれの窓からはかすかに爽やかな風も入ってくる。応接間に一歩入って感じるものは、からだで感じる温度以上の涼やかさ。ひんやりとした、板張りの床の感触。

「ここは六畳です」と不動産屋。「床は楢《なら》ですかね。お住まいになっていた人がきちんと手入れされていたんでしょう。廊下同様、いい状態ですわ」

彼女は漆喰《しっくい》の白い壁にそっと、ふれる。真夏の熱も、ここにはうまく届かないようだ。

夫は彼女を追い越し、部屋の中央まで歩いてゆくと腰に手をあて、首をぐるり、と動かしてあたりを見まわす。なにもない、がらんとした室内を、どの角度から見るとどのように見えるのか、ざっと確かめてみたというふうに。あるいは、今度は自分がこの家の主人になるかもしれないことを、誰にというわけでもないのだけれど、誇るように。腰にあてた両腕を今度は胸の前で組み、宙を見上げる。彼の真上、天井の真ん中には引っ掛け式のソケットがむきだしになってついている。無論、かつてはそのソケットに、真っ白なユリを思わせる照明を八つもつけた、シャンデリア調の照明器具がはまっていたことなど想像もできない。というより、想像できる人などいないだろう。

＊

照明器具の推薦者は、甘利くんである。「これからはやっぱり文化的な暮らしをせんといかんよ」と言いながら笠のついた吊り下げ照明を指さし「こんな部屋でも一応は応接間なんだから、こういう、うすらさびしい電球ぶらさげるんじゃなくって、シャンデリアに替えたほうがいいこってさ」などなど、ずけずけものを言う彼自身は、丘を越えた平野部にある大きな町の集合住宅に、若い妻と、幼い子どもとともに住んでいる。なんでもそこでは洋式トイレが浴槽と同じ部屋にあり、隣同士に並んでいるそうで、ユニットバスとかいうらしい。「えー、うそー」というマーボーの声にこたえて「俺はおめえとちがって風呂とトイレの見分けがつくしな」と冗談なのか喧嘩腰なのかよくわからない返事をかえす大人気ない大人が甘利くんである。「あんたの奥さんが風呂入ってるときに用を足すのなんか、恥ずかしくねえけえ」と、なか子さんが言えば、なにを考えとるんですか、と突き放し「そういうわけだから、どうだ、シャンデリア」と昭彦さんに勧めるのは、彼自身が電器店に勤めているからにほかならない。

かたや印刷会社の営業である昭彦さんは、めっぽう「文化的」という言葉に弱い。そこに、この先の来るべき未来や新たな価値観、なにか思いもよらぬ便利なもの、といった幻想を見てしまう。小さな子どもがケーキを思い浮かべて幸せな気分になるように、この言葉を聞くと自然、胸が高鳴るのだ。なにかいいことがきっとある、そんな気分になれる魔法の言葉。

「じゃあ、今度のボーナスで入れてみっか」

「毎度あり！　いやあ、助かるわあ。やっぱ、持つべきものは友達らの」

そして工事が終わったその日、瓜生さん一家はスイッチを入れて驚くのである。そもそも天井だって高くない、小さな六畳間に漆喰の白壁。そこに八灯のシャンデリアである。

「うわあ」とマーボー。「まぶしくて、目ぇ、あけてらんねえよう」

「しょぼしょぼするわなあ」とかあちゃん。

「こぉら、きっついねっか、明るさ落とせや、甘利」と、とうちゃん。

「これそんな機能ねえよ」

「なにをー」

ということで苦肉の策として当面、シャンデリアの八つの電球のうち、四つをはずして使うこととなったのだった。このようにして取り付けられたシャンデリアの下には丸テーブルが置かれ、そこを中心として千歳緑《ちとせみどり》の別珍《べっちん》で覆われた一人掛けの小さなソファが四方に並べられた。足もとにはそれらの家具がちょうど乗るほどの大きさの、茶とベージュを基調にした幾何学模様のカーペット。

会社の後輩など、来客の際には卓上にサントリーウイスキーのダルマボトルが置かれ、親睦を深める一室となり、なにもない朝には窓から入る港の潮風を感じながらソファに腰をしずめ、新聞を読むことが昭彦さんの日課となった。なか子さんは丸テーブルの上に家計簿をひろげ、夫が留守の晴れた午後には紅茶を飲みながらやりくりを考える。そして、港で釣りに熱中し、虫採りで丘の畑や林を駆け、疲れきったマーボーがカーペットの上でうたたねをする。そんな使われ方をする部屋となった。

小学生のマーボーは応接間のはじっこ、ピカピカに磨いた板の間の冷たい感じと、カーペットのほんの少しざらっとした、でもあたたかい感触のはざまにいるのが好きだった。あるときは頭をカーペットに乗せ、ごろんと横になって本を読み、またあるときは足はカーペット、頭は冷たい板の上に置き、うとうとと昼寝をするのだ。うなじのあたりや足の裏でつるつるの板をこすると、なんとも言えないよいよい気分になる。そして、それには理由もある。

この家の、廊下もふくめた板の床はマーボーが磨いているのだ。週に一度、日曜日の朝、自分の背丈ほどもあるモップを両手で持ち、応接間と廊下と台所の床を行ったり来たりしたあとで、なか子さんからおこづかいをもらうのである。

満面の微笑みと、ようやったねえ、マーボーというやさしい声、そして差し出した手のひらの上に置かれる硬貨は小さな勲章のようで、マーボーは自分が誇らしくなった。マーボーにとって応接間や廊下や台所は掃除を通してかあちゃんの役に立ち、かあちゃんに、ずっとずっと好きでいてもらえるための場所だったのだ。

ある日、お気に入りのテレビ漫画が始まる五分前、はやく掃除を終わらせてしまおうと考えたマーボーは胸の前でモップを持ち、そのまま廊下を小走りに駆けた。足には靴下。ぴたりと止まれず、モップの先は廊下のつきあたり、寝室につづく引き戸の敷居へガツン、とあたり、その柄がマーボーのみぞおちを突いた。ガターン、と大きな音を立てて落下するモップと同時に、どさりとそのまま廊下に倒れ、涙で顔をぐしゃぐしゃにしながらうーうーうなっていると、物音に気づいたのか、背後から小走りでやってきたなか子さんが、マーボーをそっと抱き上げてその場に座り、ひざの上に乗せ、大丈夫か、いたかったろうと繰り返し語りかけながらマーボーの胸や背中や頭を何度も何度もさすった。呼吸もできない痛みのなかで、かあちゃんの手のひらが自分のからだにふれるたび、マーボーはとても大きな安心感と、自分が誰かに愛されている幸せを感じたのである。

以来、マーボーはとうちゃんにこっぴどく怒られたり、特に理由もなくさみしくなったり、なんとなく自分が誰にも必要とされていないのじゃあないのだろうかと思うと、週に一度の掃除の日を待たずにいつでも突如、ぼく掃除する、と宣言し、そしてきまって廊下でころび、わあわあと泣く「知恵」をつけた。なか子さんもしばらくはその都度、なぐさめてはいたものの何度目かでどうもこれは、と気づいたらしい。

よく晴れた早春のある日、色あせたセーターとコーデュロイのズボンをはいた七つのマーボーはちょうどいい力加減でモップの柄におなかをぶつけ、いたいよーいたいよーと言いながら廊下にころがった。目にはうそ泣きの涙をうかべて顔を伏せ、板にひたいをつけて、うーん、うーん、とうなり声を上げた。

うつぶせの視界、その隅には、つやつやの廊下に映る、開け放たれた玄関の四角い光。マーボーが確実にわかっていることは、そのおぼろな光のなかから、外で雑草を刈っているかあちゃんの影があらわれて小走りに歩みより、抱きしめてくれる、そして、大丈夫らか、と言ってくれる——ということだったが、しかし、その日、いつまでたっても、かあちゃんは来なかった。ずっと、ずっと、うなっていても、かあちゃんは来ない。

はやく来てよ、という言葉のかわりに大声を出してえーん、えーんと泣くうちに、いつしかうそ泣きは本当の泣き声に変わり、大粒の涙がほおをつたい、廊下の上に小さな水たまりをつくっていった。

実は、なか子さんは、開いた玄関の横、壁の前にしゃがみ、じっと下を向き、マーボーの泣き声がやむのを待っていた。ほんとうはいますぐにでも駆けよって、ぎゅっと抱きしめてやりたい、頭をなでて、かあちゃんすぐこれねえでわありかったのう、と言ってやりたい。でもそれではだめなのだ。いつまでも、そんなことではだめなのだ。なか子さんは自分自身に言いきかせ、ひざをかかえた。

どれくらいの時間がたったのだろうか、泣き疲れたマーボーは、もう泣いてもかあちゃんは助けに来ないのだ、と明らかに悟った。そしてその瞬間、もしかすると、もう、自分は、自分ひとりでいろんなことをどうにかしなくてはならない年齢になってしまったのじゃあないだろうかと、はっきり言葉にできるほど明確に、感じてしまったのである。

たぶん、きっと、そうなんだ——。

そしてマーボーは、かあちゃんのひざに乗っかることも、いたくないかとさすってもらうことも、頭をなでてもらうことも、この先、もうないのだろう、ということをはっきり理解した。それは、自分が、かあちゃんの一部ではなかったということを——かあちゃんから切り離されたいきものなのだということを、初めて知ったような感覚だった。

涙はもう流れていなかった。マーボーは両手をついて、ゆっくりと立ち上がると、力をこめてしっかりとモップをにぎり、掃除のつづきを始めた。まずは床にできた小さな水たまりをモップでぬぐい、つぎに寝室につづく敷居のあたりをキュッ、キュッとふき、振り返った。うるんだひとみに玄関からあふれる光が飛びこんでパァッとにじんでひろがり、とてもまぶしかった。モップを片手で握ったまま、肩にたてかけると、もう片方の手の、ほつれたセーターの袖で両目を、ごそごそとふいた。

＊

応接間を出て右側、玄関から見える陽光を背に廊下を五、六歩すすむとそこがもう、この家の中心になる。左手には六畳のキッチンと風呂場。目の前の突き当たりには六畳の寝室。右手には六畳の和室があり、その隣、玄関から見て奥のほうに、襖《ふすま》でへだてられた、床の間つきの六畳の座敷が、寝室と壁を隔てて並んでいる。引き戸や障子がなければ、ここに立ってあたりを見渡すだけで、だいたい誰がどこでなにをしているのかがわかってしまう。ガランとした家具もない室内は広々としていて、ただ、空気を震わす蝉の鳴き声、重なりあう庭木の葉々が風にそよぐ音、道路を走る自動車の地を這うタイヤの音など家の周囲に立ち起こる様々な音が四方から入りこみ、ざわざわと混ざりあって、消えてゆく。

家中の窓が、たぶん、不動産屋によって開けられているのだろう。彼女は思う。陽射しの強い外から日陰の室内へと空気が流れ、心地よいそよ風が生まれている。この家が一年を通して、風通しのよい家であったことは、確かなはずだった。彼女は廊下から、キッチンへと足を踏み入れる。

ベージュを基調にした石目調のビニル床タイル。廊下同様、よく手入れがされているらしく目立った汚れもほとんどない。キッチンの中央には床下収納の扉。周囲と同じビニル床タイルが貼られており、床をはずして持ち上げる、といったかたちになる。

不動産が言うことには「いやあねえ、これはなかなか良い出来の穴倉じゃねえかと思うんですわ」

夫婦は床にひざまずいて、なかをのぞく。

「壁は、コンクリート?」と開襟シャツの夫。

「そうですね、コンクリートです」と不動産屋。「缶詰とか食器とか、かなりの量がはいりますよ」

「冷えていますね、ひんやりします」と夫がつづけると不動産屋は「梅干しとか、ぬか漬けとか作るんなら、ここで寝かせるといいですわ。野菜とかの保管には、どうかなあ、むかんと思いますが」とこたえ「じゃ、まあこれはこのへんで」とはずした扉を元にもどす。どっこいせ。声を出して立ち上がると廊下を背にして左をさししめす。

「あそこの戸の先が、脱衣所と風呂場ですわ。でもその前に、このね、目の前にある流しをちょっと見てください。このキッチンも、家を建てたときに造られた一点モノですわ。土台は木製のキャビネットなんですが、てっぺんは全部ステンレスで加工したもんで、左から流し、真ん中が作業台、右側がコンロ台です。その奥の窓は出窓になって、でっぱってるんですが、その天板の部分にも流し同様、ステンを貼ってます。料理の途中なんかでも、ちょっと鍋とか置けますわ。で、その出窓の部分にアルミのスポークで二段の棚を作ってあるんですが、これはよう考えたもんですわ。ぱっと手が届く感じで、使いやすいんじゃねえかと思いますが」

開襟シャツの夫が流しをのぞきこむ。表面には細かな髪の毛のような線がまっすぐ、無数に入っており、少々くすんでいるようにも見える。

さて、これはどうかな、といった表情。流しを指さして、こう言った。

「ステンレスは鏡のようにきれいな金属でしょう。でも、これは傷ですか。掃除のときに、磨きすぎた？」

「いや、これは」と不動産屋。「これは傷じゃねえですて。いわゆるヘアライン仕上げのステンレスですわ。つや消しというか、そういうふうに表面を加工して落ち着いた感じを出しとるわけです」そこでキャビネットの下の扉（内側には庖丁のホルダーがついている）を開けてなかを確認している奥方に目をやり「まあ、こんなにきれいなお嫁さんなら鏡面仕上げにして、流しに映った姿でも、ずっと見ていたいと思うかもしれませんが」と言って笑った。ワンピースの彼女はふと、顔を上げ「あら、ありがとうございます」と上目づかいで微笑んで会釈を返す。

開襟シャツの夫は、そういうわけじゃない、と真面目に受け取ったふうで、眉間にしわを寄せる。それを見て「いえ、冗談、冗談」と不動産屋。「冗談ですよ」と笑顔で言いながら、どうもひと目見たときからこの旦那とはなにか波長があわないな、と感じており、言葉づかいというか、イントネーションの具合もここらの土地の感じではない。かといって、すぐに見当がつきそうなくらい、特徴的でもない。はて、どこの出身なんだろう。

パタリパタリと音を立てながら、キャビネットの下の扉を開け閉めし、ひととおり収納の具合を頭に入れると彼女は立ち上がった。

すらりとのびた指をあごに押し当て、この先、食器棚も置くことだし、調味料の袋や醤油の瓶、洗剤程度なら、やはり、このくらいでしっかりまにあうはず。うん、だいたい、思っていたとおりだった、と、思案したあとでひとり、うなずきながら夫を見る。

夫はもうステンレスの流しには興味を失ったようで、今度はキッチンの壁、廊下からの入り口の横の壁に取りつけられた引き戸のほうをうかがっている。それに気づいた不動産屋が、さっきよりはなんとなく小声になって、つぶやくように「ああ、じゃあ、つぎは風呂場見ますか」と言ってそちらのほうへ近づいてゆく。麦藁帽子がその背中で左右にゆらゆらゆれるのを見ながら、彼女も歩きだした。

ガタッ。

「おや、建てつけが」慌てて、うっかりつぶやく不動産屋。

ちょっと、しまったな、という表情を浮かべながら、ガタガタッと音を立てて不動産屋が引き戸を開けると、そこは一畳ほどの脱衣所となっている。床は廊下と同じ板張りで、奥の隅には洗濯機を設置していたのか、ステンレスの排水口が取りつけられている。不動産屋はなにも言わずに、そのまま、入ってすぐ、右手のガラスの引き戸をガラリと開けて、風呂場へ入った。

楕円や円のかたちをした大小色とりどりのタイルが縦横に貼られた床は、紺瑠璃《こんるり》、翡翠《ひすい》に珊瑚《さんご》など、豊かであざやかな色彩に彩られ、骨董品の宝石箱をひっくり返したようにも見える。かたや広い湯船には空色の、スッと細長い長方形タイルが使われており、壁は、その床と湯船を引き立てる白く四角いタイル貼り。「文化的」なるものを目指した施主の嗜好と左官の手仕事を感じさせる浴室となっている。

一歩入るなり、これは素晴らしい、と言ったのは開襟シャツの夫である。

「こういうお風呂は夢でした」

夢？　と不動産屋。まあ、それは置いておいて「まあ、そうですね、そんだけ喜んでもらえるとこちらもうれしいですわ。いまどきの家でこんなタイルの使い方は珍しいかもしれないっけねえ」不動産屋は笑顔になる。

「やっぱりいいですよねえ、こういうの」と彼女。「湯船も、うん、ちょっと、思ったより広くて」

「いやいや、これはね、いいところに目をつけましたね、奥さん」と不動産屋。「このお風呂、広いのも自慢なんですが、けっこう深さもあるんですわ。なかを見てもらうとわかるんですが、風呂の床に段差があるでしょう。腰かけたり、背の低い子どもを座らせたりできるように。これはねえ、ゆったりできますよ。水道代は少々かかりそうらけどね」

彼女は「そのくらいなら問題ないわよねえ」と夫の横に並び、見上げるようにしてその横顔に語りかける。夫は、じっと風呂の造りをあごに手をあてて眺めている。

これは、小さい子どもなら、存分に遊べるだろうなと彼は思った。

そんなことはこれまでの人生で思いついたことさえなかったが、風呂用のおもちゃなどもずいぶん浮かべて楽しめそうだし、さすがに泳ぎはできないが、ざぶりともぐったりはできそうである。「よっぽど気に入ったみたいね」という彼女の声に、はい、とうなずく夫の考えはまことに正しく、事実、十歳前後のマーボーなどはこの風呂場でお笑い芸人のような芸を体得して遊んでいたのである。

＊

「せーんすーぃかーん」と言ってマーボーが頭からざぶり、と湯船にもぐると、一拍置いてお湯のなかからまるいお尻がぷりん、と顔を出す。

あはははははは、はんぶん開けた脱衣所の戸の向こうで湯船を指さし、大笑いをしているのは真っ黒に日焼けした五歳くらいの小さな子ども。白いランニングシャツに紺の半ズボンという出で立ちで、あまりにおかしいのか、足をどんどんと踏み鳴らしている。

今度はお尻がぽちゃん、と沈み、やはり一拍置いたあと、ざぱっと音を立ててマーボーが顔を出す。髪の毛からとめどなくしたたるあたたかい水滴を片手ではらい、顔をごしごしこする。その様子を見て、またもやケタケタ笑い出す。

「もういいろぉ」とマーボー。「もう俺、つかれたてぇ」

「もういっかい、もういっかい」と笑顔でねだる子ども。

も《（》なかば、やってられねえ、という気持ちを表情に出しながら「じゃあほんとに最後な、もうやらんっけな」と言いながらマーボーは息を、はあっと吸いこみ、湯船にぼしゃっと消える。

その瞬間、目をきらきらと輝かせながら浴室にたたっ、と入ってゆく小さな子どもはタイルの上の洗面器を両手でつかみ、湯気におおわれた水面からお尻がぽよん、と顔を出した瞬間、「どかーん！」と叫んでその尻に思いきり叩きつけた。

ばしんっ！ そしてマーボーの頭が浴槽の底にぶつかる、ごつん、という音と同時に洗面器を放り投げ、大笑いしながら小走りで脱衣所へ向かい、開けっ放しの戸を抜けて台所に出る。湯船の表面を大波が右往左往するざばざばいう音、ぷしゅーっ、と息を吐く音につづいて響くマーボーの、こらーという声を背に、もう一度笑う。わはははは。

「こら、カータン、いたずらしたろ」と調理中のなか子さん。

「えー、おらいたずらなんかしねえもん。マー兄《にい》と遊んでただけらよ」

「なんか放り投げて、タイルに落ちるカタカタいう音したろぉ」

「えー、ちごうよう。マー兄《にい》らよう」

「ほんとらかー」

「ほんとほんとー」

カータンと呼ばれるこの子は、この五分後には風呂から上がってきたマーボーに頭をゴツン、とこづかれ、べそをかくことになるのだが、とりあえずいま、そんなことは気にしない。なか子さんがななめに薄く切った魚肉ソーセージをまな板から鉄のフライパンにほうりこみ、炒める姿を横でじっと見つめている。背が低いため、直接フライパンのなかをのぞきこむことはできないが、フライパンの上を熱い油がはねるジャージャーという音や、たちのぼる白い煙、食べ物の焼けるにおいがカータンは大好きなのだ。

カリカリに焼かれた表面をかむと、なかみはしっとりやわらかく、口のなかにうまみと適度に効いた塩味がひろがる魚肉ソーセージ。ほっかほかで、はふはふ息をはきながら食べるその様子を想像しながらカータンは目を閉じ、鼻の穴をおもいっきり広げて、においをかいだ。そのまましばらく、至福のときをすごすと、もうすぐこれが食べられるんだという歓びに、パッと目を開く。そこで、炒めながらこちらを見ているなか子さんに気がついた。

「カータンはソーセージが好きなんだねえ」と言われ「うん」と大きな声でこたえた。

カータンは、なか子さんに声をかけられるのがうれしい。目と目をあわせて話をするたびに、心の底の部分から、ほんのり、あたたかいなにかがわきでるように感じるのだ。そして、会話のあとで家事を行ったり、買い物に出かけたりするなか子さんの背中を見て、自分はまだここにいられるんだと思い、安堵する。なんにせよ、話しかけてくれるということは、自分を嫌ってはいないということなのだから。たぶん。きっと、まだ大丈夫なのだ。

月の下、鈴虫の鳴き声が盆の到来をつげる、真夏の夜の十時半。中古の白いカローラがゆっくりとすべるように瓜生家の敷地に入ってくる。みしみしと土を踏む音につづき、小さな鼓動のようなエンジンの音も鳴り止むと、すぐにガチャリ、とドアが開き、昭彦さんが降りてきた。

担当得意先の秋の決算にあわせた印刷物制作がうまく進行せず、このところ残業つづきとなっている昭彦さんは、玄関を開け、背中の雰囲気同様、くたくたになった革靴を脱ぐとまっすぐ台所へ直行した。

家のなかで灯りがついているのは、ここだけである。

白いクロスがかかったテーブルセット、その椅子のひとつに鞄を置き、背もたれに上着をかける。立ったまま食事の上にかぶせられた蝿帳《はいちょう》をたたみ、ネクタイをゆるめながら冷蔵庫に行き、ラベルに大きな星のマークがついたビール瓶を取り出す。ステンレスの栓抜きで瓶の首をキン、と軽く一回叩いてからテーブルにのせ、椅子に座り、ぽん、と王冠をはずすと、ふせて置かれたコップをひっくりかえし、ゆっくり、ゆっくり、ビールを注ぐ。とくとくとく、と注ぐ音につづき、コップのなかでむくむくとその背を伸ばし、しゅわぁっ、とはじける細やかな泡を目と耳で楽しむと、小さな声でつぶやいた。

「一番星、いただきます」

そして目を閉じ、ぐいっと飲んだ。

このつぶやきは、もともとはテレビのコマーシャルの文句だったのだが、長年その広告に出る俳優のものまねをしているうちにいつしか昭彦さん独特の習慣となり、仕事の時間と家の時間を分かつ呪文のようなものとなっていた。

昭彦さんは最初の一杯をひと息で飲み干すと、くぅーっ、とできるだけ小声で、サラリーマンになってからおぼえた遠吠えを吐く。その意味は「今日も一日ご苦労さん」である。テーブルにひじをつき、コップを軽くにぎったまま、目の前に並んでいる魚肉ソーセージと玉葱のカレー風味の炒め物、もずく酢、きゅうりの叩き、温泉玉子をながめる。

そしてつぎに、廊下の向こう、障子を開け放した六畳間にふとんを敷き、寝ているなか子さんとカータンを見た。ふとんは川の字になっており、応接間側の壁に近いふとんには、なか子さん、真ん中にはカータンがそれぞれタオルケットにくるまれて眠っている。食事を終え、なんとかの行水のように風呂を浴びたら、昭彦さんは座敷側のふとんで同じくタオルケットを腹にかけ、眠ることになる。

小学四年になるマーボーは、以前、家族の寝室として使っていた廊下の突き当たりの六畳間を個室として使っている。たまに夜遅く帰宅するとマーボーの部屋からラジオの音がかすかにもれてくることがあり、昭彦さんは、最近の小学生は、早く大人になろうとしすぎじゃあないのだろうかと不安になることもある。だが、今日は、なんの音もしない。鈴虫の鳴く声と、六畳間から聞こえてくる、二人の寝息だけがこの家をゆっくり、満たしていく。

昭彦さんは、もう一杯ビールを注ぎ、廊下の向こうですやすやと眠るカータンの頭をじっと見ながら、ひとくち飲んだ。

もうすぐ盆が来る。カータンがこの家に来てから半年になる。小学校にあがるまでには、と手紙には書いてあったものの、この先、はたしてどうなるものか。

そしてテーブルに向きなおり、魚肉ソーセージをひとくちつまみ、ビールをもうひとくち飲んだ。仕事でも私生活でも問題が重なっていると、カレーの風味も練り物のうまみも、とにかく食べ物の味がピンと来ず、なかなかうまいと感じられない。それよりも静かな夜のなかで思い出すのは、月も見えない濃厚な暗闇、息を吸うたびにからだの芯へ氷の刃がさしこむような冷気、降り積もった雪さえ青黒く見えるような二月の夜、家の灯りが玄関のガラスからもれるその光を背に、ひざをかかえてすわっていた、小さなカータンの姿だ。それを昭彦さんは、どうしても忘れることができない。

おっちゃん、これ、とうちゃんから、と差し出された手紙を握る手は、あまりの寒さにぶるぶるとふるえており、あと一、二時間、残業が長引けばこんなに幼い子どもが我が家の前で凍死していたかも知れず、手紙のなかで『もはやどうしようもなく――』と書かれた種々の事情のどれよりも、眼下に海をのぞむこの集落の、凍える冬の夜半に子どもをひとり置いてゆくという、その行為に昭彦さんは怒りを感じ、さらに『どうしても育てられなければ施設でもかまわないが、そのときは月に一度でも訪ねてやってくれないか』という一文を読んだ瞬間、こんなバカにこの子をまかせておけるか、いいやまかせられるわけがない、と一瞬で腹をくくり、うちで育てるわや、と決断したのである。

「まあ、家族ぐるみのつきあいだったから知らん子って、わけでもねえし」となか子さん。

「手紙には小学校にあがるまでには迎えに来るって書いてあるっけ、それまで育てるのもいいけど、やぁれ、困ったことだわのう。でも――」風呂を使い、ふとんに入ってぐっすりと眠るカータンの頭をなでながら「なんでうちに入ってこなかったんだろっか。こんなに凍える夜だがんに、あんたが残業でなきゃ、いまごろたいへんだったろうに」と問いかけのような、ひとりごとのような、どちらともつかない言葉をつづけたあとで、昭彦さんの言ったひとことに、肝を冷やした。

「それでもいいと思ってたんだろ」

昭彦さんは、六畳の和室、カータンの眠るふとんのわきであぐらをかいて座り、カータンの寝顔をじっと見ながら「母親が早うに死んで、あんなに好きだった父親に置いていかれて、きっと、それでもいいと思ったんちがうか。それに、玄関開けるのが、怖かったんろう、遊びに来たわけじゃねえもの」とつづけた。ひざの脇におかれた煙草「わかば」の箱を手にとり、とんとん、と隅を叩いて一本引き出す。百円ライターで火をつけてから、隣でカータンの寝顔をのぞきこんでいるマーボーに、ああ、灰皿、とひとこと。ゆっくり腰を浮かして立ち上がり、音をなるべく立てないように忍び足で歩きだすマーボー。台所のテーブルから灰皿を持ってくると、昭彦さんは「マーボーも、それでいいか」とたずねた。

「おら、どっちかというと、にいちゃんがほしかったんらろも」とうちゃんに灰皿を渡しながら、小さい声でマーボーはこたえる。「おらがにいちゃんになるんでも、このさい、いいわ」

　そして、カータンはこの家の一員となった。


　カータンは最初の頃は、おずおずとしていたが、かつてのマーボーのように、食器のあげさげや、玄関の掃き掃除など、ちょっとした家の手伝いをまかせられるようになってからは徐々に明るくなり、ひと月後には以前、この家に何度も遊びに来たときのようにだいぶうちとけるようになった。父親が帰るまで、というように未定ながら期限が定まっていたことは、カータンの心を時に落ち着かせ、時に「それがいつになるのか」と不安にもさせたが、やはり大きな支えとなっていたようだ。

二か月、三か月と、時が過ぎると、瓜生の家のなかで、だいぶ、言いたいことも言いあい、マーボーともケンカができるようになってきた。マーボーはマーボーで、時々、とうちゃんやかあちゃんがいままでとはちがい、自分の面倒だけを見るのではなく、カータンの世話を焼くので、親を盗られたような気分になって、思わずケンカをふっかけるようなところもあったが、みずからが磨いている廊下を歩くたびに、うそ泣きの記憶がよみがえっていまの自分を恥ずかしく思い、ちょっと湿った罪悪感に心を痛めるほどの分別はあったので、そんなケンカのあとにはかならず、ごめんよ、と言ってあやまるのだった。もちろん、その都度、カータンの小さな心は傷つき、奥歯をキリキリと噛みしめるほど涙をがまんしてはいたけれど、同時に、マー兄《にい》(カータンはマーボーをにいちゃんの意味をこめてこう呼んでいた)は、かならず悪いことをしたら、ちゃんと「悪いことをした」と反省してあやまってくれるという、奇妙な信頼感も生まれていた。

そして、夏が来た。

この季節になるとカータンはマーボーの背中を追って浜辺を走り、野山を駆けた。サラリーマンである瓜生の家計の都合上、ボーナス時期のローンの引き落としが終わる最初の半年くらいまで、カータンの服はすべてマーボーのお古であり、それ以降もなかなか新しい服には手が出せず、あの服、昔マーボー着てたなあ、という服ばかり着ることとなった。

散髪もなか子さんのハサミ一丁で行われ、おら、これしかよう刈らんねっけのう、わありのう、という言葉からもうかがい知れるように、二人とも似たような髪型となり、いっしょに遊んでいると、まるでほんとうの兄弟のように見えるため、近所の人々も『瓜生さんとこのきょうだいが』と語ることが自然と多くなっていった。

徐々に地域にとけこんできたカータンはマーボーの友人を通して、同じくらいの歳の子どもたちとも知りあうようになった。彼らにまじって背の大きい年長の子どもたちのあとにくっついて遊ぶようになり、港に張り出した堤防や、丘の上の神社の裏手、うっそうと茂る森のなかで一日の大半を過ごしているうちに、色白だった肌もどんどん陽に焼け、日を追うごとに真っ黒になっていった。あまりに日焼けがすごいので、なかのよい子どもたちからは夏の間、ずっと「クロタン」と呼ばれていた。

さらにある日曜日のこと。昭彦さん、マーボーとともに出かけた港でアジを初めて釣ったときにははげしく感動し、コンクリートの上で勢いよくはねる銀色の流線型をタオルを使ってつかむとまるで天に捧げるかのように頭の上に掲げて「ぴちぴちしてる！　すっげえぴちぴちしてる！　人生で初めてら！」とわけのわからない絶叫を何度もくりかえしたのでマーボーからはそのあと一週間ほど「ぴちタン」と呼ばれることとなった。

さらにさらに、とある日曜日、空まだ蒼い早朝五時すぎのこと。近所の子どもを引き連れた昭彦さんとともに神社の裏のクヌギの森にカブト虫を捕りに行ったときには、前夜、黒蜜を塗っておいた木々に合計二十四以上ものカブト虫が大量に集まっているのを見て興奮し、最初は鼻からふんふん息を勢いよく吐いていたものの、だんだんと悲しい顔になってカブト虫にも手をのばさなくなり、それに気づいた昭彦さんが、カータンどうしたん？　と訊くと「こんげいっぺ、カブトとれるのんって、きっと夢じゃねん？」と言って涙ぐみはじめたので、今度は昭彦さんからしばらく、ねぼけの「ねぼタン」と呼ばれるようになった。

カータンは基本的に天真爛漫であり、思い切った行動をよくとったので、マーボーはこの子のことをどことなくおバカな子として認識していたふしもある。

そんなマーボー自身、丘の上の神社で遊んでいる最中に尿意を催したときには、敷地の隅、日露戦争の戦勝碑が置かれた二、三メートルほどの小高い芝生の山の上に立って塀のほうを向き、その外側、眼下に広がる小さな緑の町並みとその向こうにきらきら光る広大な海を眺めながら立ち小便をするのが大好きだったのだが、ある日、例によって例のごとくその場で立ち小便をしていると、突如、カータンが、おらも立ちションする！　と言って後ろから駆けて来る音がしたので驚いて振り返ると、カータンはよほど我慢をしていたのか、走りながらズボンをガバッとおろし、そのまま足に絡んでひっくり返ってマーボーの脇を抜け、芝生の斜面を豪快に小便を漏らしながらごろごろ転がっていった。

「こいつはひどいぞ」とマーボー。ふざけやがって、なにが立ちションだ、どうもこいつ本気でほんとにバカなのか。

駆け下りてみるとなにが面白いのかカータンはケタケタケタケタと笑っており、マーボーが「きったねーなーおめーズボンもパンツもびしゃびしゃびしゃらねっかー、どうすんだおめー」と言うと「へーき、へーき、こんなん、はけばかわくて」と言いながらぐいっと両手で引き上げてパンツをはきなおしたのだが、予想外に気持ち悪かったのか、すぐに顔がぐしゃぐしゃになり、びえええ、びえええ、と泣きはじめたのでマーボーは自分のパンツをカータンにはかせ、自分はズボンだけを身につけて「おめーのおかげでおら、生まれて初めてノーパンらろー、こら」と言いながら今度は恥ずかしがって泣きだしたカータンの手を握り、片手に汚れた服を抱えて、家まで走って帰ったこともあった。「かあちゃん、これ」と言って差し出された小便まみれのズボンとパンツを受け取り「よう汚れったの、手に持って帰って来れたのう」となか子さんが訊くと「そんげん、うちのいえのもんのズボンらがんに、ぜんぜんきったねえ思わんかったよぅ、おら」とマーボーは強がった。その台詞をあとで聞いた昭彦さんは、大きくうなずき、なか子さんにひとこと「よかったなあ」と言って笑顔になった。

「ほんに、よかったわ。ほんにのう」

ブルッバンバン、カタカタカタカタという音を立てて、盆の前の日曜日の夕暮れ、瓜生家の前に五〇ccバイクのスーパーカブが止まり、白いヘルメットに革のゴーグル、灰色の開襟シャツに生成りのズボン、そしてゴム長靴といったいでたちの老人が降りてくる。丘の向こうの平野で農業を営む昭彦さんの父親、マーボーのじいちゃんこと、よしぞうさんである。玄関をガラリ、と威勢よく開けると「いたけー」と言いながら、もう上がっている。

「おお、ひやむぎらかあ」とよしぞうさん。

「じいちゃんも食うけえ」と昭彦さん。

「おら、食ってきたっけ、もういいな。なか子さん、麦茶いっぱいもらえっけえ」

「お酒にしましょうか」

「おらバイクられえ」

「ひさしぶりらっけ、泊まっていけば」と昭彦さん。

「したら、そうすっかあ」ということで酒盛りが始まる。一族が実家に集まる盆前に、ふだんは訪れることもないのだが、今年に関してはお客というべきか家族というべきか、とにかくひとり増えるというので様子を見に来たらしい。

カータンの顔を見て「なあが、カータンらかや」とよしぞうさん。

カータンが、うん、と首を縦にふり、つづいて「よろしくお願いします」と大きな声で挨拶をすると、「おお、おお、まあら、五つらてがに、よう挨拶できんのう、かしこいのう」と頭をなでる。「マーボーと仲ようしてやってのう」

「まかしとき！」とカータン。

「じゃあ、まかせた！」とマーボー。

「この家も、よう、にぎやかになって、いいわのう、ほんにのう」

酒は地元の酒蔵のものを冷やで。つまみは自家製のたくあんと、梅きゅうが少々。六畳の和室の広い座卓に乗せ、時々、掃き出し窓に取りつけられた網戸の向こう、室内の灯りに照らされる小さな庭の銀杏《いちょう》や躑躅《つつじ》の木々を眺めながら、よしぞうさんと昭彦さんは、政治や景気、仕事のぐあいから、街かどの細々とした話題まで呑みながら語りあう。その横で寝転んでテレビを眺めるマーボーと、足を投げ出し、座ってはいるものの、うつらうつらと舟をこぎだすカータン。マーボーは熱心に、夏のテレビの恒例ともいうべき、戦争ドキュメンタリーに夢中になっている。それは決して活劇などではなく、戦争の悲劇とか、残虐性とか、罪を追及する内容である。その様子に、ふと目を留めるよしぞうさん。マーボー、と声をかけた。

「マーボーは、戦争とか興味あるんか」

うん、とうなずくマーボー。そのとなりで、ぱちり、と目を開くカータン。

「じいちゃん」とマーボー。

「おうよ」

「じいちゃんは、戦争行ったん？」と尋ねるマーボー。

「ああ、行った、行った、すっげ、難儀《なんぎ》かったわあ」とこたえるよしぞうさん。

そのやりとりに、俺はさんざん聞いたなあ、とつぶやく昭彦さん。

「そういえばマーボー、聞いたことなかったかや」

「ねえよう」

「おらもねえよ」とカータン。

「そらそうら、はっはっはっ」と笑ってから、よしぞうさんは語りだした。

おらはなあ、ずうっと、ずうっと、南の島に行ったんだて。ほぉんとに、ちっこい島で、飛行場は立派らったがのう。その飛行場を守るんが、おらったの仕事さ。怖かったかって？そりゃあ、こーえさ。でもまあ、なんていってもアメリカとドンパチやるより、腹が減って、そのほうがたいへんらったし、とにかく病気でようけ死んだっけのう。死ぬのもなあ、だいたいこいつ死ぬろうなあっていうのは、わかるんて。たいてい線のほーせやつらわや。育ちがいい、いうかの。たとえば輸送船が沈められてしもうて、米なんかみーんな海んなかさ。そいつを引き上げんだろも、やっぱ、くせえんさの。缶詰なんかも腐ってしもうてさ。うん。臭うんだわ。でも生きるためには食わんばいけんけ、うんめえとか、うんもねえとか言ってる場合じゃねえて、鼻つまんで食ったさ。そら、なんにもねえより、臭うても食えたほうがいいもの。でも、やっぱ、死ぬようなやつはそれが食えねえんさのう。食うても吐いてしもうんだわや。コレばっかはどうしようもねえのう。だんだんやせてきて、病気んなって終わりらわ。だんだん動かんなって、話もできなくなって、返事ねえなあ思うて、気がつくと死んでるん。ん。そらそうさ。アメリカは強かったよ。実際にむこうのもんと顔つきあわせて鉄砲撃ったりとかはなかったろも、なんかもう、そんな話じゃねえんだて、もう、上から爆弾がどかーんどかーん、雨みてえに降ってくるわけらっけのう。あらあ、負けるわや。そういえば、重機関銃かついで山歩くより、畑仕事ばっかしてたような気もするのー。それもふつうの戦争じゃねえわのう。ああ、そうそう。ふつうじゃねえっていうと、ふつうじゃねえのがいたのう。おっかねえやつ。もともとそうなのか、それとも戦場でふつうじゃなくなるんかわからんけどのー。さっき、線の細いやつは死んでしもうた言うたけど、その逆に、戦争じゃあ、人の命なんかなんとも思わん、心がにぶくてずるいやつが、親玉みたいな感じになるんだわな。みんな、そいつがこーえて言うことききくんさ。きかなきゃ殺されちゃうんだもの。そうらなあ、さっき、怖かったかって訊かれて、こーえってこたえたろも、アメリカよりも味方のそういうやつのほうがこーえかったのう。まず、やりくちがの、あるんて。こいつ気に入らんなあ、ってやつがいると、やるのは夜らの。みんなが兵舎で寝てるときに『空襲！　空襲！』ってそいつがでっけぇ声で怒鳴るんさ。そうすると、周りの連中は、今夜、気に入らんやつをやってしまうって聞いてるっけ、だれも動かねん。知らねえのは、狙われてるやつだけ。あわくって起きて、どこら！　どこら！　言うて出口に走っろ。そうすると、戸の向こうには親玉の息のかかった見張りが銃剣をかまえて待ってるんさ。戸ぉ開けて外出た瞬間に、自分からグサッと刺さりに行ってしもうて、一巻の終わりさ。誰かに見られても事故で通るしのう。おらあ、そんなのと一緒にいるのが怖くて怖くて、夜になっと、もしかして今日、おらがそうなるんじゃねえかと思うて、はよ朝が来て、ぱあっと周りが明るくなんねえかのう、なんてずっと思いながら毎晩寝てたわや。

＊

明るい陽射しが大きな銀杏の木に降りそそぎ、いまは緑の葉々を茂らせる躑躅《つつじ》の植え込みを明るく輝かせる。

台所の反対側、六畳の和室と座敷にはそれぞれ一間半の幅に四枚の掃き出し窓が並び、その外側には濡れ縁がつづいている。襖のない状態で廊下から見ると、それは三間の幅を持つ巨大な窓となり、小さいながらもよく手入れされている庭をひとめで見渡すことができる。

「そんなに大きい家《うち》ではないですが」と不動産屋。「こうして見ると、開放的で、広う感じっでしょう?」そして敷居を越えて六畳の和室に入る。

「ここがまあ、いわゆる茶の間になりますかの」そう言いながら、壁をさししめす。「色は、まあ、こんな感じですわ」六畳の和室も、つづく座敷も、壁は鶯《うぐいす》色になっており、落ち着いた雰囲気を漂わせている。夏場は涼やかに、冬場はあたたかく感じられる彩りのようにも思える。

彼女が一歩、和室に足を踏み入れると開け放たれたふたつの部屋の窓、ひかりに満ちた庭から、さあっと、爽やかな風が入ってきた。

彼女の肩の上で髪が、ふわりとゆれる。

「つげの垣根にくわえて小さな庭に銀杏やら躑躅やら、植わってるっけ、なかなか明るい一方で、地面に影が落ちて、よう風が入ります」と不動産屋。「クーラーもいらねえんねっかと思いますわ」

「本当ですか」と和室の中央にむかって歩く開襟シャツの夫。「それは、うれしいです」そして応接間同様、腰に手を当て首を動かし、合計十二畳の天地を睥睨《へいげい》するかのように、あたりをぐるり、と眺めた。

「あら」と彼女。濡れ縁の手前でなにかをみつけたのだろうか、ゆっくりしゃがみ、小さな声で「ねえ、ほら」

「うん、なに？」と夫。

「ヒヨドリ、ヒヨドリよ」

躑躅の葉々のその奥の、への字に曲がった枝の上に、まるまると太ったヒヨドリがとまっている。「こんな季節に、珍しいわね」

「ヒヨドリ、どんな鳥？」と夫。

「あそこよ、あそこ」

彼女の指さすその先を見て「なかなか、おおきい」と声をひそめておどろく。まるまるとした灰褐色の羽毛、まっすぐ前にとがったくちばし。「初めて見たよ」そう言う夫も不動産屋も、その場にゆっくりとしゃがみ、ヒヨドリを見つめる。

ヒヨドリはぴくりとも動かず、しばらくじっとしていたが、突然、左右をキョトキョト見渡すと、なにかを発見したのか一瞬で跳ね、そのまま空高く消えていった。

「なに、どうした？」と夫がつぶやくと同時に「猫」と彼女がこたえる。

三人とも腰を落としたまましずしずと濡れ縁まで出ると、ふくふくと肥えた三毛猫が庭の隅から木々や植え込みの陰をつたい、のっそり、のっそり、歩いてくる。いったい、どこから入ってきたのか、三人の視線に気づいても、まったく動じない。そしてそのまま目の前を通り過ぎた。

「なかなかにぎやかな庭ね」と微笑む彼女。「やっぱり、いいわ」

「そら、どうも」と不動産屋。「お客がいっぺえ来《く》んのは、いい家ですわ。鳥でも、猫でも」と言って誇らしげに笑みを浮かべる。

実際、この家の庭にはヒヨドリが降り立ち、猫が行き過ぎるほか、人間だって、のっそり、立っていたこともあるのだ。

*

それはカータンが九歳、マーボーが十四歳の秋。家族そろって六畳の茶の間に集い、テレビの洋画劇場で「ティファニーで朝食を」を見終わったときのこと。

「おもっしぇかったー」とカータンが言えば「なんだろうなあ」とマーボー。「カポーティの原作とはだいぶ話がちごうてるみてえらなあ」そう言いながら、まだ夜ふかしをしたりないのか、がさがさと音をたてて新聞のテレビ欄を広げる。

「おらも痩せるとヘップバーンみてえになれるかのう」と玄米茶をすすりながらなか子さん。

「なれん」とマーボー。

ケタケタ笑うカータン。

「おめえがヘップバーンになれるなら、おらもクラーク・ゲーブルになれっかの」と昭彦さん。そして不機嫌そうななか子さんを横目に立ち上がり「さーてふとん敷くろー」と声をかける。

「えー、もうちょっとテレビ見たいなあ」とマーボー。

「子どもは寝る時間らて、おめえ」と昭彦さん。つづけて「あ、サッシのカギかけるの忘れてた」と言いながら窓辺へ歩き、掃き出し窓の障子を開けると、濡れ縁のむこうに男が立っていて、うわ、と大声をあげた。

男も驚き、瞬間、目を見開いたが、すぐに哀しげな微笑を浮かべる。くたびれたスーツを着た男。片手に紙袋をもち、もう片手に土産物《みやげ》の風呂敷包みを抱えている。

「甘利か」

カータンの視線は凍りついたようだった。ジャージを着たマーボーも、まだ部屋着のなか子さんも窓の外を見つめて、指先ひとつさえ動かすことができないなか、パジャマ姿のカータンはすっくと立ち上がり、庭先の甘利くんだけを見つめて歩きだす。消息不明だった友人を見つめたまま立ち尽くす昭彦さんの横に並び、そのままからからと音をたててサッシを開けた。裸足のまま、濡れ縁から、庭に降りた。甘利くんは瞳をうるませながらそこでひざをつき、両手をそろえて前につき、ひたいを土にこすりつけ、すまん、とひとこと言った。庭の冷たく湿った土の上で腹ばいになるほど低い土下座をする甘利くんの背中をカータンは思いっきりこぶしで殴った。思いきり殴り、殴り、殴り、殴りつけるうちに両目のふちから涙が蛇口の壊れた水道のようにぼろぼろぼろぼろととめどなく流れ、鼻水も滝のように流しながら、いつのまにか大声で、とうちゃんのバカ、とうちゃんのバカ、とうちゃんのバカと何度も何度もくりかえし、その声を聞きながら甘利くんの顔も涙でぐしゃぐしゃになってゆくのだった。

「まあ、甘利」と昭彦さんは静かな声で言った。「ひとまずなかへ、はいれや」昭彦さんも泣いていた。「いっぱい話をしようされ、甘利。おらもお前に聞きてえことがいっぺえあっし、いっておかなきゃなんねえことも山ほどあんだてば」

なか子さんは涙ぐみ、「そうらてえ、そうらてえ」と言いながら、土で汚れた服やカータンの足を拭くのにタオルがいるな、と立ち上がる。

ただマーボーだけは、テレビを眺めていたときのように表情を変えず、涙を流すこともなく、手を振り上げるカータンと、ひたすら頭を下げつづける甘利くんの姿を、じっと見ていた。

遠い町で暮らしてゆくこととなったカータンがこの家からいなくなったのは、親子の再会から、だいたい、ひと月後のことだった。

晩秋の朝、澄みきった空の下、オレンジ色のタクシーが瓜生の家の前の坂道に止まる。来た来た、とランドセルを背負い、上がり框に腰をかけて座っていたカータンは立ち上がる。寄り添って外に出た瓜生家の三人の前に、タクシーから降りた甘利くんがやってくる。スーツは、相変わらず汚れている。ズボンの裾など、擦り切れているのではないかと思うほどに。履いている靴も、本来は黒かったであろう革が、鈍い灰色になっている。

「おめえ、今度は大丈夫なんだか」と昭彦さん。

甘利くんが、うん、とうなずき「今度なにかあったら、そのときこそ、カータンはお前の家の子にしてもいい、そのくらい」と言いかけたところで、昭彦さんは甘利くんの胸ぐらをつかみ、怒鳴った。

「ふざけんなや甘利！　今度なんかねえ！　死んでも大丈夫だといますぐ言い直せ、なにがあっても子どもを手ばなすなんて二度としんなや、おめえ、そういうふうに調子のいいようなことばっか言って、それがおめえをダメにしてるの、わすれんなや」

「わかった、わかったて、わあかった」と昭彦さんをなだめる甘利くん。「ちぃと口がすべったばっからてがんに、俺の言い方がわぁりかったて、かんべん、かんべん、おら、もうこいつを二度と置いていかねえて、かんべんしてくれや」と両手をあわす。

「だいじょうぶらよ、瓜生のとうちゃん」とランドセルを背負ったカータン。「今度は、おらも離れねえすけ」そう言いながら、甘利くんのジャケットの端をにぎる。

「ほうら、これ、持ってって、道中、くいなせ」と甘利くんに新聞紙でくるんだ包みをわたすなか子さん。「カータンが好きな、塩のおにぎりと味噌のおにぎり、タッパーのなかには甘じょっぱい玉子焼きと鳥のから揚げ、うちで漬けたタクアンも入ってるっけの」

「ありがとうございます」頭を下げてタクシーに乗る甘利くん。「お世話になったことは、一生、忘れません」

「じゃあね、瓜生のかあちゃん」と言ってカータンも乗りこむ。ドアが閉まればすぐに窓を開け「手紙書くから」その声はふるえている。「おら、忘れねえから。いつかまた、もどってくっから」そこまで言って、前を向き、片手で目をこすり、うつむく。涙がまた、出てきたのだろう。「おら、もう泣かねえから」小さな声でそう言うと、もう顔が上がらない。

「じゃあ、瓜生、ありがとのう」また来るっけのう、と甘利くん。

うなずく昭彦さん。

そしてタクシーがゆっくり動き出す。そのときになってやっと「絶対《ぜって》らろ！」とマーボーが声をかける。「絶対《ぜって》また来《く》んらろ！」その声に走り出すタクシーの窓からカータンが顔を出す。大きな声で「おらも絶対《ぜって》ら！　絶対《ぜって》らよ！」と何度もくりかえし、手を振りながら、あっという間に、遠ざかってゆく。三人はタクシーが小さな影になり、すっ、と丘の向こうに消えるまで、じっとその場に立ち尽くしていた。

そして、瓜生家はもともとの三人家族へと戻った。あとに残されたものは、どこか空虚な違和感だった。

いつもより広く感じられる家。どことなく暗く感じられる茶の間。気がつけばテレビの音量は以前より大きくなり、会話も少しずつ減っているようだった。そんな毎日のなかで、昭彦さんとなか子さんはマーボーを注意深く見守っていた。カータンがいなくなる以前より積極的に話しかけるようになっていたし、昭彦さんが出かけるときにはなか子さんが家に残り、なか子さんが外出する際には昭彦さんが家で過ごすというふうに、どちらかが家を空けるときは、必ずもう片方が家にいるように心がけていた。それというのも、カータンが甘利くんに引き取られることが決まった次の日、昭彦さんに言い残したことがあるからだ。

ある夜のこと、深夜二時をまわったくらいの時刻、どんどんお湯があふれだす風呂場に閉じ込められる夢を見たカータンが目を覚まし、ああもう朝までもたない、トイレに行こう、と茶の間に敷かれたふとんから出て、障子を開けたそのとき、目の前の台所には右手に菜切り庖丁を持ち、左の手首にあてて立っているマーボーがいたのだ。

マーボーはカータンを見ると庖丁をゆっくりおろし、左手の人差し指をくちびるにあて「黙っていろ」というサインをだした。びっくり半分、怖さ半分のカータンが首をうん、うん、と縦にふると、マーボーもゆっくり、うなずき、庖丁をかたづけ、廊下の突き当たりの自室へと戻っていった。

おら、たまげたて。とはカータンの言葉。マー兄《にい》、なんか悩んでるんかも。

昭彦さん自身もマーボーの変化には気づかないでもなかった。子どもの頃にはあきれるほど外で遊び、ときには夕飯の魚も釣りで調達していたほどのアウトドア派が、中学に上がってからは、さっぱり出かけなくなり、家でアニメを食い入るように見つめているか（そもそもの原因は、地球を滅亡から救おうと旅に出る宇宙戦艦の物語だった）、そうでなければ本ばかり読むようになってしまった。茶の間に伏せて置かれた読みかけの文庫本がサリンジャーだったときには、もうこんなものを読んでいるのかと驚いたし、文化的生活を標榜しつづけていた昭彦さんだけに、わが子のいわゆる「文化的成長」にうれしくもなったのだが、趣味や嗜好以外に、外へ出て遊べない、もっとちがう理由があるのだろうかと、気になっていたこともたしかである。さらにテレビも芸能番組より報道番組やドキュメンタリーを好んで見る傾向がますます強くなっており、もしかすると頭でっかちな子になって、学校などでは孤立しているのではないだろうか、などなど不安はふくらむのだが、だからといって顔を腫らして帰ってくるとか、靴を失くして帰ってくるということもなく、いじめの標的になっているようでもない。カータンが見たものは思春期特有の不安定な心理から生まれた、とっぴな行動なのかもしれない、と自分自身を納得させつつ、警戒を怠らない、といった毎日が過ぎていった。

なんとなく、そういうものが来たのかな、と感じたのは高校進学の進路相談を控えた中三の初夏である。一家そろって夕食をとったあと「ちょっと話があるんだ」とマーボー。「おやじもおふくろも、ちょっと聞いてほしいんだ」

「なんだて、どうしたて」と、なか子さん。「そんなあらたまって」と言いながら茶の間の座卓の定位置に三人が座ると、そのなか子さんが注いだほうじ茶を前に、マーボーは語りだした。

「俺、中学卒業したら出家しようと思うんだけど」

「はあ?」と、昭彦さん。

「僧になろうか、思うて」

「僧？」と、昭彦さん。

「あら、ソウですか。とか言えばいいんらろっか」とつづけたのはなか子さんだ。そしてハハと大声で短く笑い、真顔に戻って「お前、バカでねえの」

「おら、バカでねえよ」

「いや、バカら」なか子さんは決然と、言いきった。そして「どうせおめえのことだから宇宙戦艦とかロボットとかみてえなアニメにかぶれて、世界を救いたいとか、可哀想な人を救いたいとか、あほみてえなこと言いだすに決まってる」

「それは、あほみてえなことじゃねえよ」ムッと顔をゆがめてマーボーがそう言うと間髪いれずになか子さんはしゃべりだした。

「神様にできねえことが、おめえにできっか。世の中にはいろんな人がおる。ある人の便利のために力を尽くしたらほかの誰かの不都合になったなんて話なんかごまんとあるわ。人によって、ところによって、正しいことや尊いものなんてのも、いろいろ考えがちごうように、救われるとか、救われないとかも百通り。あちらを立てればこちらが立たずの言葉の通りよ」

「そんなことぐれえ、おらもわかってるわ」

「そんなことがわかってんなら、かあちゃんととうちゃんを救ってほしいわ」

「？」マーボーは、なんのことかわからない、という表情。

「高校行って、かあちゃんととうちゃんをだっくら、安心させてくれや。そうしたら、おらった二人、救われるてば」

「なに言うてんだや」

「なにもへったくれもあっか。いちばん身近な人間救えねでなにができっか。だっけ、さっきからバカら言うてんだ。おめのこころざしは、見上げたもんだ。でも、いまのお前なんかどこに行ったたって、なーんもできねてば。それならそのこころざしを無くさねえまんま、勉強しっかりして、自分を磨くことしかできねえろう。だっけ、とりあえず、まずは学校行け。行ってから世界でもなんでも救うにはどうすればいいかよう考えろ。でっけえことをやろうとしたら、広い世の中知らなきゃなんね。広い世の中を知るためには、学校行って人並みの教養身につけて、とにかく大勢の人間と知りあって、世の中にはどんげ考えの人がおんだか、よう知ることが、ぜってえ、大事ら。自分が働きかける相手のこともよう知らんと、おらがなんとかしてやるいうのは、偉ぶったバカ者だ。理想言う前に現実を知らんと。そんなん、なにやったって、的外れさあ。そんげ人間には自分自身さえ救えねて。だっけバカら、言うてんさ」

あっという間に、もう、マーボーは、なにも言えなくなった。しばらくうつむき、あぐらをかいた両膝を両手でガシっとつかんでいたが、やがてものも言わずに立ち上がると、そのまま自室へ戻っていった。

「おめえ、なかなか言うのう」と昭彦さん。はたで聞いているだけで、緊張したらしく、ふう、とひと息ついてから目の前のほうじ茶に手をのばす。

「根ぇはまじめでやさしい子らっけねえ」となか子さん。「考えんでいいことも一生懸命考えて、自分にできることはなにかねえかと思いつめてるような気もしたっけねえ。テレビとか、本とかそういうのも、たのしげなもん、最近見てねえかったっけのう。昔にくらべりゃ冗談も言わんなって」

「おらに話すのも、最近、あの戦争はなんで始まったのとか、なんでこの政治家は捕まらないの、とか、こたえに詰まるような質問も多かったっけのう」と昭彦さん。「まあだ子どもから大人になる中途の段階で、自分はこんないろんなことができるっていう感じと、なんで世の中こんななん、みてえな絶望感みてえなのと、ないまぜになってんだかのう。そのわりにゃあ、足もとが見えねえで。おらもあんなとき、あったわ」

「たぁだ」と、なか子さん。「おらがあてずっぽで、世界を救うとか可哀想な人助けるとか考えてんだか、とか言ってみたら否定もしねんだすけ、大物なんらか、ほんとにバカなんらか、逆におら、たまげたて」と言って笑顔になった。

「いやあ。おらとお前の子らすけの、意外とわからんて」と言いながら昭彦さんも笑った。

軒先の風鈴が、ちりん、となった。

＊

「おや、なんの音ですかね」と不動産屋。

「自転車のベル？」とワンピースの彼女は言って、庭のほうをのぞきこむ。

三人は六畳の茶の間からつづく座敷にはいり、床の間のつくりを見ていた。

「なんですか？」と開襟シャツの夫。

「なんか、音がしたように思ったんだけど」と彼女。

夫は眉を上にあげて目を大きく見開き、そんなことあったの？　とでも言いたげな表情。

「空耳じゃあ、ねえような気もしますけど、近くの家の風鈴ちがいますか、まあ、まあ、いいですて」とその表情を見て、不動産屋はつづけた。

「この床の間の地板と床板は欅《けやき》ですのぅ。廊下なんかと同じく、よう手入れしてたと見えて、いまもつやつやとしていますわ。壁や床脇の地袋の表具あたりなんか見てもらえばわかりますろも、むこうの茶の間にくらべて、こっちのほうがですの、若干、そんな汚れた感じもないですわ。状態がいい言うか、あんまりこの部屋を使《つこ》うてねかったように思いますわ。ああ、そうそう。床脇に天袋がねえんで、仏壇は置きやすいんじゃねえですかの」そこまでしゃべると口を閉じ、床の間を背に座敷と、それにつづく茶の間を眺める。「襖を外せば大きな宴会もできますわ。まあ、そういういろんな使い方ができるのが、こういう和風の家のいいところらね。お二人はまだ若いろも、子どもも孫もいっぱいできると、将来、みんなで集まってわいわい楽しく呑めますのぅ」

「あらあら」と微笑む彼女。「そんなに若くないんですよ、私たち」ねえ、と夫を見上げる。

「若いです」と微笑みながら開襟シャツの夫。「僕たちは若い。そう思っています」そして、わははははは、と笑いだした。

不動産屋も、いっしょにあははは、と笑ってはみたものの、いったい笑いのポイントがどこにあったのか、いま一歩わからず、自然、眉毛は困ったように八の字を描く。

「いえ、ほんとうにけっこう歳はもう、いってるんですけれど、まあそのへんはふれないことにしてください」と笑顔で彼女は、言った。

「へえ、じゃあ、まあ、そうしますわ」半笑いでそんな返事をかえしながら不動産屋は、会話もなんとかこなれてきたみてえらし、これは好感触なんじゃあなかろうかと、心のなかで算盤《そろばん》を取り出す。願いましては、のかけ声がかかるまで、あともうひと押しといったところだろうか。床の間を吟味する二人に背を向け、軽く、ふう、と息を吐く。心のなかで、よし、と気合を入れなおす。ふと庭を見ると、先ほどのヒヨドリがまた、庭の躑躅の枝に舞い降りてくるところが見えた。

*

「あ、ヒヨドリ」なか子さんはつぶやいた。

昭彦さんも開け放たれた掃き出し窓のほうを振り向く。しかし、昭彦さんにはどこに鳥がいるのか、わからなかった。

桜もとうに散った遅い春、よく晴れた日曜の午前九時、茶の間と座敷を分かつ襖も、和室と廊下をへだてる障子もすべて取り払われていた。六畳間および、座布団を並べた廊下、応接間には親戚、友人をはじめ十人以上もの人が座り、葬儀を控え、座敷に安置された棺のなかのマーボーとの別れを惜しんでいた。

マーボーの表情はとても穏やかで、微笑んでいるようにも見えた。もう二度と目を覚ますことはなく、起き上がることもないのだという明らかな事実のほうこそ、なにか、とんでもないまちがいのように思えるほどだった。

昨晩の通夜の席では、マーボーの友人たちが、たくさんの写真や、マーボーから借りていた本を昭彦さんに手渡した。大学の指導教官である社会学者はその授業態度について、なにごとにもよく気がつく生徒であったこと、納得のいかない部分についてとことん追及するその態度は学生ながら見上げたものだったと、なか子さんに伝えた。昭彦さんの会社の上司は、瓜生くん、体は大丈夫か、少しでも寝ておいたほうがいいと体調を気遣い、会社の部下はほかに言うべき言葉も見つけられずに、このたびはご愁傷様ですと言ったきり、口を閉ざし、うつむくばかりだった。

一夜が明けたいま、葬儀の始まりを待つ応接間では本家の家族に背負われてきたよしぞうさんがソファに腰かけ、乾いた木彫りの仏像のようにじっと目を閉じたまま動かない。その足もとで親戚の小さな子どもたちが、よそいきの服と大勢の来客に興奮して、おおいにはしゃぎ駆け回る。なかにはまだ事情をのみこめない子どももおり、マー兄《にい》、はよう起こしてきてえ、と大声で催促する子どももいる。久しぶりの再会で近況を伝えあう親戚たちの声が聞こえてくる。

昭彦さん、なか子さんの二人にとって、この予想外の騒々しさは、どこか遠い出来事のようで、周囲を漂う線香の匂いにつつまれたまま、うららかな春の陽射しのなかへ、彼らの言葉も、居並ぶ沈痛な面持ちも、この心のいたみも、すべてが溶けていけばいいのにと思いながら、でもそれは、そんなことは、どうしたって無理なのだと強く感じており、だから夫婦は座敷に背を向け、二人で、じっと庭を見つめていた。ほんの少し前にヒヨドリを探していたことさえ、忘れていた。

校舎五階の窓からの転落死ということ以外、なにもわからなかった。遺書もなかった。事故なのか、それとも自殺だったのかさえわからなかった。教官や大学の友人の話では周囲から孤立していたようなこともなかったという。子ども時代から親交のあった地元の友人たちも、マーボーが悩んでいるようなそぶりはなかったという。ただ、大学のゼミの学生のひとり——昭彦さんにはマーボーの彼女のようにも思えたのだが——から、関係はないと思うが、と前置きされたあと、最近、生協の書店で山積みになって売られているヨガ系の新興宗教の本を、学食で読んでいるところを見たことがあると、聞かされた。マーボーの遺品にそのようなものはなく、昭彦さんも、なか子さんも、そんな話は聞いたこともなかった。それに、彼女もその様子を見ただけであって、その宗教について話をしたことはないという。ただ、なか子さんは、遠い昔の出家をめぐる話を思い出し、胸になにか暗い陰のようなものが、ひっかかる気はしたが、それ以上、なにをどうすればよいのか、思い浮かばなかった。目の前に横たわる、我が子の遺体を前にして、自分のすべきことが、考えられない。なにをしようが、もうこの子は帰ってこないのだ。結局、公式に、その死は事故とされた。年老いた二人は、いとしい息子を救えなかったことに――とにかく、事故でも自殺でも、自らの手を、落下する我が子に差し伸べてやれなかった後悔に、胸を押し潰されそうだった。

来月には庭の躑躅もいつものように満開になっただろうに、見せてやりたかったと、ただ、ただ、口惜しかった。親子でビールを注ぎあい、おめえ、世界を救うのはまだらかや、といつものようにからかってやれないことが、どうしようもなく口惜しかった。その頬に手を添え、あたたかなぬくもりを感じる機会が、もう二度とないことがたとえようもなく、口惜しかった。

しかし、それでも、二人の表情は平静そのものだった。想いはあまりに大きすぎ、心の内側につかえてしまい、どうしてもその外へと出すことができないのだ。

後ろで声がした。

「瓜生」

昭彦さんは、マーボーの眠る座敷に視線を戻す。

「瓜生よう」

目の前には恰幅がよく、品のいい、銀髪の紳士が座っていた。正座をしているその太もものあたりが、涙で濡れていた。両目から流れる涙をぬぐおうともせず、しかし、嗚咽の音は立てずに、じっと、静かに、夫婦を見つめていた。

「甘利」と昭彦さんはつぶやく。

「瓜生」と言って甘利くんは手を差し出し、昭彦さんはその手を両手で握る。「よう来てくれた」と言いながら、その手にちからをこめる。

「カータンは？」なか子さんが尋ねる。

その声にこたえて「いまこっちに向かってる最中ら」と甘利くん。「駅ついたら、まっすぐこっちに来ますて」

「そうか、カータンも来てくれるんねえ、ほんに、元気らかのう」

「元気ですて」と甘利くん。

「ほんに、楽しみらのう。ねえ、おとうさん」

「ああ」と昭彦さん。「マーボーともひさしぶりらっけのう、マーボーもきっと、喜ぶこってさあ」昭彦さんは棺のなかで横たわるマーボーに向かい、なあ、マーボーと声をかける。カータン来《く》っろ、よかったのう。

そのとき、なか子さんは無言で立ち上がり、来客者に頭を下げながら六畳を抜け、応接間へと歩き出した。涙を流しにいったのだろう。なか子さんがいない間、自分がマーボーのそばにしっかりついていなければ、と昭彦さんはひとりうなずいたところで、ああ、そうだ、と思い出す。あれは、マーボーが中学生のときらったかのう。とうちゃんがいないときにはかあちゃんが、かあちゃんがいないときにはとうちゃんが、お前のそばにいてやるんだと、気ぃつけてたことがあったんだて。おめは、それ、気づいてたろっかのう。これからも、とうちゃんはずっと、そうしてやっろ。かあちゃんにも、そう言うておくろ。

もう、お前をひとりになんてしておかんろ。

*

廊下の突き当たりの引き戸を開けると、そこは薄暗い六畳の和室だった。

目の前には、一間幅の掃き出し窓。窓のすぐ向こうはつげの垣根となっており、不動産屋の言うことには「ここは寝室以外には使えませんかのー。でも、これだけ日当たりわりぃと、物置なんていう使い方もありですかの」ということで、ワンピースの彼女はともかく、開襟シャツの夫は「そうですね、そうでしょうねえ」と何度もうなずいている。

なるほど、夫婦で住む場合、物置のような使い方も妥当なのかもしれない。しかし、瓜生家ではその部屋は、夫婦の寝室であり、マーボーの勉強部屋であり、最後は昭彦さんがひとりで過ごした部屋であったのだ。

マーボーが亡くなってほどなく、自動車事故によりなか子さんも亡くなった。あとを追うように、という言葉に、昭彦さんはいらだった。

事実、不用意にそう言った親戚とはなぐりあいの喧嘩となり、絶縁した。当初は元気でやっているかと心配し、訪れる友人も多かったが、歳月が巡るにつれ、彼らの足も次第に遠のいていった。

仕事をしているときはまだよかったが、思うように業績も上げられなくなり、早々に退職してからは、瓜生の家の名も、そこで生きた母子の名前も、いつのまにか、誰の口にも上らないようになっていた。

しかし、昭彦さんの、ひとり遺された悲しみはどれだけ月日が経っても消えることなく、六十歳の手前でからだを壊し、余命いくばくもないと告げられたときにはむしろ、安堵のため息をついたほどだった。

昭彦さんは、この部屋で人生の最後を過ごした。

トイレに行くのも難儀なからだで、なるべく水分を控え、食べものもあまり摂らずに、玄関から一番遠いこの部屋に腰をすえたのは、一番暗い部屋だったからである。その理由をべつの言葉に置き換えれば、明るい部屋には、自分のいまの暮らしの痕跡を残しておきたくなかったのだ、とも言える。

朝が来ると昭彦さんは、暗い部屋のなか、汚れきり、ほうぼうが破れた敷きっぱなしのふとんのなかで目を覚ます。枕もとの水差しを手にとり、コップに注ぎ、なめるようにして口を湿らす。買い置きのカステラ菓子か、せんべいが、朝食の代わりである。ゴミは部屋の隅に置かれたゴミ箱めがけて投げる。たいていは入らず、ゴミ箱の周辺はビニールやちり紙が積もっている。食事のあとには薬を飲み、頭の近くのトランジスタ・ラジオのスイッチを入れ、そしてまた横になる。頭がぼうっとして、そのままうとうとすることもあるが、気分がよいときには押入れまで這うようにして移動し、柳行李《やなぎごうり》のなかに保管してある文庫本を掘り返し、若い頃に読んだ本や、マーボーが遺した本を読み返す。そして、もっと気分がよいときには、引き戸を開け、玄関につづく廊下に出る。

節々が痛み、足腰の曲げたい部分、伸ばしたい部分も思うように動かせない、枯れ木のようなからだをなだめながら、廊下のまんなかにたどりつくと、そこによいしょ、と腰をすえる。

障子も襖も、取り払われているのは、首をぐるりとまわすだけで、ほとんどすべての部屋を見渡すことができるからだ。自治体が派遣するヘルパーが掃除をしたあとは、どの部屋もまったく使わないため、つねにきちんとかたづいた状態になっている。

そして、特に春から夏にかけての朝の時間帯は陽射しがよく入り、鶯色の壁も、磨かれた床も、漂う空気の塵も、置かれた家具のひとつひとつにいたるまで、家のなかのすべてのものが金色に輝いて見えるのだ。

あざやかな光の洪水のなかに身を置き、おだやかなあたたかみを感じながら、昭彦さんはそこに、朝食をつくるなか子さんの後ろ姿を見る。新聞をひろげて寝転び、テレビ欄を熱心に眺めるカータンの姿を見る。背の高さほどのモップをもって、玄関のほうから駆けてくるマーボーの姿を見る。

みんな、ここにいる。

おらといっしょに、ここにいる。


あたたかな春の朝、昭彦さんは、廊下の中心で倒れているところをヘルパーに発見された。息を引き取って間もなくのことだった。

そしていま、ちょうどそのあたりに不動産屋は立ち、契約にいたる、最後のひと押しを考えていた。

そういえば、あれがあった、と思いつき「ちょっとそこで待っててくんなせや」と二人にひと声かけて玄関に向かい、長靴を履き、外へ出た。

開襟シャツの夫とワンピースの妻は濡れ縁に座り、かすかな風をからだに感じながら、庭を見ている。おや、どうも先ほどのヒヨドリが戻ってきたんじゃないのか、と気づき、夫が躑躅のほうを指さしたとき「いやあ、これが、あったの忘れてましたわ。これどうぞ、お近づきのしるしですわ」と後ろから声をかけられた。

二人が振り向くと、両手に缶ビールを持った不動産屋が立っている。「いやあ、今日はあんまりあっちぇえもんだから、草刈りしながら飲んでたんですわ。クーラーボックスんなかに、まだ残ってて。なかなか、よう冷えてますわ。どうぞ、どうぞ、お二人とも」そう言いながら二人に手渡す。

「ああ」と開襟シャツの夫。「星のマークのビールですね。僕たちは、これが大好きです。本当にいいですか」

「ええです、ええです。くーっとあけてください。ははは」と不動産屋。

ありがとうございます、と二人は言い、栓をあけた。夫がそのままごくりと飲むかたわらで、ワンピースの彼女は、つかんだ缶ビールをすっ、と上にかかげ、

「一番星、いただきます」

と、高らかに宣言してからぐいっと飲んだ。

「あれま」と不動産屋。「そんげ昔のコマーシャル、よう覚えてますな。よう流行ったもんうろも」

彼女は笑顔でこたえる。

「子どもの頃のことですけど、何年か、親元を離れて別の家にあずけられていたことがあるんです。そこのおとうさんが、このビールの大ファンで、いつもこうして飲んでいたんですよ。それがねえ、それが、とっても美味しそうで、わたしもこのビールを飲むときは、いつも、まねをしているんです」

「はあ」と不動産屋。なかなか明るい話しかただけれど、この奥方、ずいぶん苦労をしたらしい。「それはずいぶんとたいへんなことで、いろいろ辛い思いもされたでしょう」

「いいえ、とても楽しかったですよ」彼女は少し、遠くを見るような表情になり、笑顔でつづけた。「その頃の私は、そこの家のお兄ちゃんのお古を着て、短い髪で、毎日走り回って日焼けして、真っ黒になってたもんだから、最初はだれも私が女の子だったとは思わなかったみたいで、ふふふ、よく男の兄弟にまちがわれていたんです」

「そうね、あなたはいまも元気ね。かおるさんは元気ありすぎると思うよ」と開襟シャツの夫。

酒にはそんなに強くない性質《たち》なのか、ひとくち飲んで、もう顔が赤い、そして妻に流暢な外国語で語りかけた。

そこでようやく不動産屋は、おや、と思った。「もしかして旦那さんは中国の方ですか」

「ええ」かおるさんはこたえる。「貿易会社のほうを、少し」

「ああ」と開襟シャツの夫。「甘利のお義父《とう》さんからお聞きではありませんでしたか？」すい、と右手を差し出し「楊《ヤン》と申します。これからもよろしく」

「ああ、いえ、こちらこそ」と言いながら不動産屋もその手をにぎり、握手を交わす。

「じゃあ、これで、契約ということで」と、かおるさん。「私のほうも、これからもよろしくお願いします」と言って手を差し出す。

「ああ、いやあ、これはありがたいことで」と握手する不動産屋。「なかなか古い家なんで、どうなることかと思ってましたがのう、こりゃ、どうも、とんとん、と決めてくだすって、ほんにありがとうございます」

「以前、外から見たときは住めるかどうか状態が気になっていたんですけれど、ていねいなご案内、ありがとうございました」かおるさんは礼を述べ、頭を下げる。

「いやあ、そんげ、ていねいとかってもんじゃねえですわ」彼女の真剣な仕草とものの言いかたに不動産屋は少し、照れる。いつだって、誰だって、誰かに感謝されることは、なかなかいい気分でもある。だから不動産屋も素直に、思ったことを言った。「この家は、なかなかのもんだと、おらなんかも仕事してて、思うんです。だから、お二人さん、お幸せに暮らしてください」

その言葉に彼女は「はい」と答え、
夫は、にこり、と微笑んだ。

「いやあ、しかし」と不動産屋。「なかなかようできた嫁さんらねえ。大事にしなせよ、旦那さん」

開襟シャツの夫は明るく笑いながら、うなずく。そして「あ、鳥」と躑躅の枝を指さした。

「さっきの、ヒヨドリ」

「ねえ、あなた」かおるさんは言った。「この家に引っ越したら、庭に野鳥が集まるえさ台を置きましょうよ」

夫はうなずき「楽しみです」と言うと、もうひとくち、ビールを飲んだ。

3　七月　最終土曜日　午前

自宅の花園先輩

朝起きて顔を洗い、歯を磨いたあとで、花園先輩が最初にすることは、小さなお仏器《ぶき》にご飯を盛って、仏壇に供えることだ。

そのご飯は湯気がおさまったら、朝食の際に、花園先輩のお父さんが食べる。

それが花園家の朝の慣習である。

しかし、昨日の夜はどうも、なにかの接待だったらしく、お父さんは一階の寝室から、まだ起きてこない。

花園先輩は前もってお父さんに、今日は昼前には出かけるからね、と伝えていたのだが、このぶんだと、ふたりは顔を合わせることはないかもしれない。

花園先輩は、やれやれ、と思いながら、蝋燭《ろうそく》に火をともした。

「そんなわけだから、今日のご飯はあたしがもらうね」なんて、心のなかで、仏壇に置かれたお母さんの写真に語りかけながら、お鈴を鳴らし、手を合わせる。

もちろん、写真のなかで微笑む花園先輩のお母さんからは、なんの返事もかえってこない。けれども花園先輩は、うん、とうなずいてしまう。そして、心のなかで「そうするね」と返事のようなものをつぶやいてしまう。それは、なんというか、長い暮らしの間に生まれた癖のようなものかもしれない。

花園先輩の顔は写真のなかのお母さんそっくりだ。年齢を重ね、お母さんの亡くなった歳に近づくにつれ、受け継いだ容姿は写真のなかのお母さんと似てきて、花園先輩は洗面所でも、風呂場でも、メイクの時でも、鏡を見るたびに確かな血のつながりを感じてしまう。

もう少し時がたてば、仏壇の前で、あたしがあたしの写真に向かってうなずくような錯覚を感じてしまうのかもしれないな——花園先輩は、そんなことを思いながら、蝋燭の火を手であおぎ、消した。

仏壇の前を離れ、電気ポットのスイッチを入れ、新聞を読み終わると、花園先輩は台所に立ち、慣れた手つきで包丁を握り、十分も経たないうちに、ねぎに油揚げ、豆腐の味噌汁を作った。次に、フライパンの上に玉子を三つ落とし、手早く菜箸でかき混ぜながら塩をぱらっと振って、スクランブルエッグにすると、ふたつの皿に盛りつけた。そして、冷蔵庫からきゅうり、キャベツ、ニンジン、生姜を漬けた浅漬けのビニール袋を取り出して、小鉢に盛り付ける。

最後に、お酒で頭がガンガンしているはずのお父さんが目覚めた時のために、小さめの塩むすびをふたつ作って、小皿に乗せ、皿ごとラップでくるみ、スクランブルエッグの皿とともにシンクの脇の作業台に並べて、上から白い食卓カバーをかぶせておく。

まあ、こんなもんだよね。

花園先輩は、おかずと味噌汁と茶碗に半分ほどよそったご飯を、茶の間のちゃぶ台の上まで運び、仏壇からお仏器をさげて中身を茶碗のご飯の上にぽん、と乗せると「いただきます」と声に出し、テレビのニュースを見ながら、朝ご飯を食べはじめた。

うん。味噌汁は、もうちょっと出汁をきかせればよかったかな。でも、美味しい。朝の光と空気のなかで、こうやってご飯を食べるのは、なんか、いつだって、いい気分だ。

花園先輩は、心からそう感じながら、浅漬けに入れた針生姜をかみしめる。鋭く爽やかな香りが鼻に抜け、きりりと辛い。

テレビでは、お天気お姉さんが「今日はこの夏一番の猛暑になります。水分の補給をこころがけ、熱中症には充分お気をつけください」と真剣な顔つきで注意している。

ふむふむ。

今日は、暑くなるのかあ……そういえば、ウッキーや宗ちゃんには何時に行くか言ってなかったな……。

……。

………。

まあ……いいか。

行けば、たぶん、いるでしょ。たぶん。

とにかく、土曜日の午前は、家事をしないとね！


花園先輩は食事を終えると台所で自分の食器を片付けはじめた。

花園先輩は、食器を洗うことが、けっこう好きだ。それは、誰にでも、ちゃんとできて、家族みんなの役に立つからであり、同時に、それだけで、自分が、ちょっとしたものなのだと、思えてくるからだ。

それは、花園先輩が、お母さんから教わったことでもある。

花園先輩がまだ子どもの頃、学校でなにかあって落ち込んだり、どうも、あたしって無力だ……みたいに鬱々とした表情をしていると、お母さんは決まって「台所手伝って」と声をかけるようにしていた。最初は、こんなときに、なにを……みたいな表情をしていた小さな花園先輩も、一枚一枚お皿を洗い、きれいにしてゆくうちに、なんだ、自分もいろんなことがきちんとできるじゃん、と確認でき、徐々に笑顔になっていったものだ。

さて、ぴかぴかになった食器を水切りに置いたあと、花園先輩は、風呂場の脱衣所に行き、水曜日から今日までためた汚れ物を洗濯機に突っ込んでスイッチを入れる。なぜ水曜日からなのかというと、お父さんが火曜日の洗濯当番だからである。そして、洗濯槽がドンガラドンガラ一心不乱に回転しているうちに、年代物の掃除機を物置から引っ張り出す。

いよいよ、これから、一週間ぶりの、掃除である。なぜか花園先輩のテンションは上がっている。

お父さんがうるさがって起きてしまうかもしれないけれど、おかまいなし、といきましょう！

花園先輩は、まっすぐ伸ばした指先で、スイッチを力強く押した。

ズキュー、ズゴー、コオオオオオオー。

あああ、うるさい！

言葉には出さないが、花園先輩の顔が歪む。花園先輩は、掃除機のスイッチを入れるたびに掃除機の、この音が苦手だということを嫌というほど実感してしまう。

だからとにかく早く終わらせよう！

というわけで、花園先輩の掃除機の扱い方はかなり荒っぽい。敷居にひっかかって掃除機が転倒したり、掃除機の電気コードに足を引っかけそうになったり、ちゃぶ台の下のチラシかなにかを吸い込んでブベベベベッなんて謎の大音響が飛び出したり、毎週、なにか新たな格闘技の誕生を予感させるような勢いで掃除をしている。ふだんなら庭木の手入れをしている花園先輩のお父さんが、茶の間の掃き出し窓の向こうから、うるさいよ！　とか言ってくるところなのだが、今日はたぶん、奥の部屋で、頭をガンガンさせながら悪夢を見ているにちがいない。

花園先輩は、布団を頭からかぶって眉間にしわを寄せながら、必死に眠りつづける父親の顔を想像する。

うん。

それも、またよし！

ドタン、バタン。

ズゴー。

ブベベッ。

ガタガタガタガタ。

ドシャン！

ドンガラ。
ドコッ。
ブべべべッ。
ズガッ、ズガッ。
ズゴー。

もしかすると、こういうのも「朝の音楽」ってやつになっちゃうんだろうか。聞く人が聴けば。なんて、思いながら、花園先輩はスイッチを押して電気コードをひゅるるるん、と巻き戻す。小さな家でもあちこち動けば額に汗がにじんでくる。普段なら、つづいて二階に掃除機を持っていくのだが……。

二階は……また来週にしとこうかな！

あたしの部屋は先週掃除したし、こまめにハンディモップも使ってるし、そんなに汚れてないから、いいだろう！

ほとんど、まだ寝ているお父さんへの、単なるいやがらせに終わったかのような掃除なのだが、花園先輩は、そんなことは気にせず、うんうん、うなずきながら掃除機を物置にしまった。そして茶の間に戻り、ちゃぶ台の上に置かれたお徳用のインスタントコーヒーの蓋を開け、大きめのマグカップにスプーン二杯分を投入したあと、スティックシュガーをバサッと入れ、ポットのお湯を注ぎ、テレビの前に座って甘めのコーヒーをゆっくり、いただいた。

うん、休日の朝だなあ。

テレビのワイドショーをぼんやり眺めていたら先週、花園先輩が仕事でインタビューに行った地元のＩＴ企業のＣＭが流れはじめた。

えーっ。なんだあ、この会社、テレビで広告打ってたのかあ。

花園先輩は地元就職情報誌の編集部に勤務しており、ＣＭをひとめ見たその瞬間、自分が担当した先週の求人情報の原稿の内容を、そこそこしっかり、思い出した。

こんなに派手に宣伝してるんだったら、信頼や安定を強調するより、もう少し、イキオイのある表現を使ったほうがよかったのかなあ……なんて、若干、反省する花園先輩だったが、どの道、あの原稿は、あれで、上司が「はい、オッケー！」って言ってたし、先方からも「ぜひ、これで！」とか言われたらしいし……。まあ、終わった仕事は考えないほうがいいかな！　と、実に清々しく気持ちを切り替えた。そして同時に、こんなことも思い出していた。

花園先輩は取材の際に、ＩＴの仕事の社会的意義とか、毎日の仕事に関するやりがいとか、この会社の人事の担当者にいろんなことを聞いたのだが、最後に、その人が妙に頬を紅潮させて、晴れ晴れとした口調で「いやあ、うちの会社って、よく考えると、みなさんの暮らしをしっかり支える重要な仕事をしていたんですね！」と言っていたのだった。

実は、仕事というものは、人の役に立つものだ。

でも、実際に仕事をしている人は、わりとそのことを忘れている。

だから、それを人に言われると、びっくりしたりするのだ。

花園先輩はこの仕事に就いてまだ短いのだが、そんなことも学んだのである。

そして、インタビュー中に、相手が突然、社会における自分の仕事の役割とか、意味を発見——あるいは、再発見することがあったりすると、花園先輩もうれしくなるのだ。

うん。あれは、いい仕事だったなあ、と思ったところでテレビの画面が切り換わり、あっという間にさっきまで考えていたことも忘れてしまった。いまの興味は目の前の画面に移っている。

それにしてもこの番組の司会の人、最近、髪の毛が薄くなってきたんじゃないだろうか。

あらまあ、最近、不倫の話題が多いなあ……。

ああ、このタレント、名前なんていうんだったっけ。うーん、喉の奥まで出てるのに……。

え。うそ。あの歌手結婚すんの！

なんて感じで花園先輩が主婦っぽい気分を満喫していると、洗濯機がぴーぴー鳴りはじめた。

花園先輩は、ぴょん、と跳ねるように立ち上がった。

さあさあ、洗濯物を干すのだ！

がんばれ、あたし！

花園先輩は、脱水が済んだ洗濯物をワイヤー製の年季が入ったランドリーバスケットに、どさどさっ、と突っ込み、茶の間の掃き出し窓から小さな庭に出て、きらっきらっに輝く太陽のもと、ニョキッと立っているステンレスの物干し台に、カットソーやブラウス、お父さんのワイシャツやら下着やらをひとつずつ、干してゆく。

ふと見ると、お父さんの灰色のトランクスに穴が開いていた。

よくよく見ると、ランニングシャツの裾も、少し、ボロっとした感じだ。

そういえば、お父さん、最近、服を買ってないなあ。

花園先輩は手を動かしながら、いろいろと考える。

うん。

あれだな。

これは次の給料で、なにかプレゼントしなきゃな。

そして、そういう買い物にも、ヒロシは喜んでつきあってくれるんだろうか。

今日の夕方、会ったときに聞いてみようか。

いや、まあ、大丈夫だよね。

ヒロシは、そういう人だ。

うん。

ヒロシは、こないだデパートの女性用水着売り場で異様に居心地悪そうにしてて、気がついたらいなくなってて、えーなにやってんのーなんて焦って探したら、階段脇のベンチで汗を拭いてたけど、それと、これとは、またちがうし。

あれ。

いや、逆か。

あたしが、男性用の下着売り場に行って平然としていられるかどうか、ということよね。

これは。

うん。

大丈夫でしょ！

心のなかで、こんなひとりごとをぶつぶつとつぶやく間も、花園先輩の二本の腕はせっせとせっせと、まるで上出来の機械のように洗濯物を干しつづける。

風が、少し吹いた。

いままで物干しにぶらさげた洗濯物が、それぞれ、ふわりと、はためく。

なんか、気持ちいいなあ！　と、花園先輩は思った。

庭の洗濯物を干し終えた花園先輩は、掃き出し窓から茶の間に戻り、それから二階の自室に上がると、今度は室内物干しに自分の下着類を干した。とりあえずこれで、洗濯は終了。

腰に手を当て、ほっと一息ついた、ちょうどそのとき、一階の玄関のほうで声がした。

「すいませーん。宅配便ですー」

「はーい」と大声で答えた花園先輩がドタドタと階段を下り、玄関に向かうと浅黒くてたくましい体つきの宅配便の人が引き戸を半分開けて立っていた。

「ここ、花園わたるさんの家でよろしいでしょうかね」

「はいはい。そうですよー」

「じゃあ、ここ、ハンコかサインいただけますか」

「はい」

「あの、最近会社のほうで受け取りの確認が厳しくなりまして、サインの場合はフルネームでお願いします」

「わかりましたー」と言ってペンを受け取り、そのまま〝花園航〟と書いたら、宅配便の人は、あからさまに、ちょっと困ったな、という顔つきになった。

？　という表情で配達人を見つめる花園先輩。

なにか、悩んでいるような配達人の表情。

そこで花園先輩は、ああ、サインの場合は本人のほうがよかったのか、と気がついたのだが、なんだかもうめんどくさいのでこう言った。

「本人、まだ寝てますんで、これで！」

とりあえず、家の人であることは間違いないんだろう、と判断する配達人。「ああ、はい。わかりました。じゃあこちら荷物になります。ありがとうございましたあ」と言って、帰っていった。

そこそこ大きく、けっこう重い段ボール。その伝票には四国の伯母の名前が書いてあった。なかになにが入っているのか見当がつかないけど、それをあたしが知るのは帰宅したあとのことなんだろうな。まあ、いいや、と思いながら、花園先輩は、それを茶の間の隅に置いた。そしてその場で、洗濯物は昼前には乾くだろう。畳んでから出かけようか、それともお父さんにまかせてしまおうかなんて、悩んでいると、掃き出し窓のあたりで一匹の蜂が、部屋の内側と外側をぼんやり、ふらふら、飛んでいるのが見えた。

花園先輩は、その大きさに驚く。

これは刺されたら死んでしまうくらいの蜂では？

そう思いついてしまった瞬間、花園先輩は殺虫剤をどこに片付けたか忘れていることに気づく。あれ、あれ、あれ、と首を何度ひねっても全然思い出せない。その間も巨大な蜂はブーンと羽音を立てながら、窓の外と内をふらふら行ったり来たりしている。そのとき、花園先輩の視線が、ちゃぶ台の上の新聞紙に留まった。

もう、これで！

花園先輩は、その新聞紙の一面や三面のあたりをびりびり破き、もじゃもじゃとまるめると、ボールを三つ作って、それを、蜂に向かって次々と投げつけてみた。

ぽーん。

ぽーん。

ぽーん。

全部、蜂にかすりもせずにそのまま庭へ落下したのだが、蜂は蜂で不穏ななにかを感じたのか、庭の奥の方向へすーい、と移動していき、その機を逃さず、花園先輩は窓の方へ小走りで駆け、網戸をガラガラ引き出して、ぴったり、閉じた。

ふー。

危ないとこだったなあ。

まあ、網戸の向こうにまるめた新聞紙が三つ、転がっているけれど。

……。

…………。

これは、お父さんにまかせよう！

それで、よし！

いろいろと一段落した花園先輩は、ここで少しの間、今日、文芸部に行って宇喜夫や宗介に渡す原稿の最終チェックをすることにした。もう、直すところはほとんどないはずだが、チェックはできるだけしておいたほうが後悔せずに済む。

花園先輩は、ふたたびインスタントコーヒーをカップの半分まで淹れると、今度はそこに氷をごカンと入れてアイスコーヒーを作り、二階に上がった。

花園先輩の家は、ほとんど五〇〇ミリリットル入りの牛乳パックみたいなシンプルなスタイルで、けっこう小さい。それでも親子ふたりで暮らすには充分すぎる広さだ。

花園先輩は障子を開けて部屋に入る。ベッドの上に放り出していたエアコンのリモコンを拾って、スイッチを入れる。エアコンが蓋を動かし、まるで覚醒した生き物のように吹き出し口を開ける。その音を聞きながら、花園先輩は、ほんの少しの間、壁に並んだ、三つの本棚と、そこにみっしり詰まった数々の本を眺める。

花園先輩はその光景を見ると、なぜか、安心するのだ。

それは心の表面でさざめく小さな波が、おだやかに静まってゆくような感覚だ。

高校の頃から使っている机は、けっこう広い。花園先輩は椅子を引いて座り、机の上に置いてあった封筒を開け、一度はしまっておいた原稿用紙の束をふたたび取り出し、目の前に置いた。

右側には愛用の万年筆と、赤いボールペン。

よし、やりますか!

…………。

…………。

うん？

いや。

いやいやいや。やっぱり、これ〝ズゾズゾズー〟って感じではないなあ。

…………。

………………。

うん。〝ズ、ズゾゾゾ、ズー〟と。

……。

まあ、こっちのほうがリアルな感じかな。

いくらなんでも〝ズズズズー〟ではないわけだし、どうしたって〝ズゾズゾズゾー〟ではありえない。ましてや〝ズルズルズルー〟なんて、言語道断だ。

うん。〝ズ、ズゾゾゾ、ズー〟で。

これで、よし！

…………。

…………。

あ、あと、ここ、わかりにくいか。

……。

ちょっと。

…………。

うん。

〝最初の予定では――〟みたいな一文、ここに赤ペンで追加しとくかな……。

……。

…………。

花園先輩がパソコンの画面を見ながら左手でカップをつかみ、そのままアイスコーヒーを飲むと、それはもう、ほとんど氷の溶けた水になっていた。

うーん、原稿直しをやりはじめたら、意外と時間が経ってしまった、さらに、もうちょっと、時間がかかりそうな雲行きだ。ここは、もう一杯、コーヒー作っておこうかな。

花園先輩は頭のなかで原稿のことを考えながら、ゆっくり、階段を下りる。

茶の間に入ろうとしたら、掃き出し窓の網戸が全部、開いていて、サンダルを履いたパジャマ姿のお父さんが庭に立っていた。

「あ。おはよう」

「おう」と、返事をしたお父さんは、足元の、もじゃもじゃっと、まるめられた新聞紙を見つめている。

「これ、どうしたん？」花園先輩に尋ねるその目は、なんだか眠そうだ。あるいは、まだ頭が痛いのか。

「蜂。蜂がいたの」

「蜂？」と、首をひねるお父さん。

そこで花園先輩はお父さんに向かって、肘から上を、くいっ、くいっ、と動かし、ものを投げる真似をしたのだが、お父さんは、なんだか憮然とした表情でこう言った。

「なんだか、お前、お母さんに似てきたなあ」

実は花園先輩は、いままで、お父さんからそんなことを、言われたことがなかった。

「顔が？」と花園先輩。

「やることが」と、お父さん。そして、ひとりごとみたいに、こうつづけた。

「あわてものというか、そそっかしいというか……そういうのも、遺伝とかあるのかねえ」

「まあ、親子だしね」

花園先輩は、そう答えながら茶の間に入って、ちゃぶ台の上のインスタントコーヒーをマグカップに入れる。お父さんは、ぼんやり、その手つきをながめながら、なぜか、うん、うん、と、うなずいていた。そして喋りだす。

「四国のおばさんが、そうめん送ってきたよ」

「あ、あの、太目のやつ？」と、花園先輩。

「ああ、それ。今日の昼は、それ、茹でて食おう」

「おむすびとほろほろ玉子、作ってあるけど」

「それは、夕飯に食うわ」

「ん。わかったー」

なんて会話をしたあとで、あれ、あたし昼前に出るって、昨日、お父さんに言ってたじゃん。もう忘れたのかな、と花園先輩は思ったものの、おばさんの贈り物のそうめんは、けっこう好物だし、気温も上がってきて、さっぱりしたものが食べたい気分だったということもあり、予定を変更することにした。

ウッキーや宗ちゃんには、午後に行くって言っておいたけど、時間は約束してないしね。いちおう、ウッキーに少し遅くなりそうって、メールしとこうかな……。

本日二杯目のアイスコーヒーを片手に部屋に戻った花園先輩は、ノートパソコンの電源を入れ、メールソフトを立ち上げた。

同時に、アイスコーヒーを飲もうとしたら、水滴で手が滑りそうになって、おっとっと、と、あわてて持ち直し、幸いキーボードにコーヒーをこぼすことはなかったのだが、肘がマウスやパッドにがちゃがちゃと当たってしまい、どこをどう、うっかり押してしまったのか、パソコンのモニターには送信済みメールの画面が大写しになっていて、しかも履歴の順番が、逆転していた。つまり、昔、自分が送信したメールが一番上に来てしまったのである。

ありゃりゃりゃ。なんということだ！　これは、まいったなー、どうしよう、と困惑する花園先輩だったが、そのとき、ある古いメールが目に留まった。

それは花園先輩が大学三年のとき、ゼミの教授にあてたメールだ。

ああ、懐かしいな。と、花園先輩は心から感じた。

そうそう、これがきっかけで、ヒロシと知りあうことになったんだよね、あたし。

心のなかで、そう、はっきりつぶやきながら、花園先輩は、なんとなく、そのメールをクリックしてみた。

ヒロシと知りあう前のあたしは、どんなことを考えていたんだっけ。

花園先輩は宇喜夫にメールをするのは後回しにして、他人のメールを読むような気分で、それを読みはじめた。

4　山姥異聞

花園先輩の担当教授へのメールと二つの添付ファイル

件名　10月第3週のゼミのテーマについて

須田教授へ
人文学部人文学科3年の花園です。お世話になっております。

さて、後期のゼミのテーマは『物語の変容』ということで、芥川や太宰などをはじめとする作家たちが、どのような意図と技術をもって、古典や民話を題材にとり、小説として成立させようとしたのか考えるというものですが、私の担当回で取り上げたいと思うのは（ちょっとマイナーですが）昭和の終わりから平成のはじめにかけて活動した地元の作家さん、藤尾雨太郎の『窯変』です。これは新潟の中越地域に伝わる、やまんばの昔話を下敷きにしています。

たぶん、どこの地域にもあるような、非常にありふれた民話が、この作家の個性を一回くぐることで、どのような変貌を遂げたのか。物語として受け継がれたものは何なのか。そこに新たに加えられたものは何なのか。なぜ、このかたちでなければならなかったのか。

そんなことについて考え、レポートしたいと思います。

実はいま、文芸部の先輩として、後輩にいろいろ指導していて、三題噺や、ショートショート、さらにはコントなど、小品を書かせているのですが、つたなさや、語彙《ごい》の問題はあるものの、彼らの個性をくぐりぬけて生まれたお話は、ひとつひとつ発想が違い、豊かな表情を持っていて興味深いです。一見、ありふれたステレオタイプのように思えるものでも、表現としての工夫をしようという意志がそこにあれば、それは、手ざわりのようなものとして、感じることができるのです。

それを発見するのはとてもうれしく、面白く、そのひと自身にふれたような気持ちになります。

それは、自分が孤独ではないと発見するような気持ちです。

時には、自分のものとは、まったく異質な手ざわりに出会うことで、ものの見方や感じ方など、自分の一部が上書きされてしまうような感覚さえ、覚えることも、あります。

物語は、社会の価値観やその時代の「約束事」に縛られています。それは不自由であり、制約であり、制度への屈服であり、ひょっとすると創造性の感じられない凡庸な作品が生まれる理由なのかもしれません。でも、そこに、そんな手ざわりがある限り、どんなに凡庸でも、物語には意味があり、その手ざわりにふれた読者のなかで、生きつづけるような気がします。そして、あるひとつの物語が異なる時代のなかで蘇ることはそれなりの要請があるのかもしれないと感じています。

語り尽くされた物語は、本当に語り尽くされているのだろうか。ありきたりな物語は、本当にありきたりなのだろうか。社会や時代性と隔絶した、屹立《きつりつ》する断崖のような作品に圧倒されてみたいと思う一方で、凡庸な物語もまた、なにかの必要があって、そこにあるのではないかと思うのです。

さて、無駄話はこれくらいにします。

添付のファイルについてなのですが、どちらの作品も学校の図書館にあり、コピーを取ったのですが、PDF変換がよくわからなかったので、えい、とばかりに、ぜんぶテキスト化してしまいました。我ながらがんばったと思います。いちおう、このデータをゼミのみなさんに配布しようかなと考えています。

あと、これは少し個人的な話で、この作品を取り上げようと思った大きな理由でもあるのですが、私の母方の実家である神社に「やまんば退治に使われた宝刀の鍔《つば》」というものが伝わっているんです。ただ、不思議なことに、宝刀そのものは、オリジナルである昔話に登場せず、それを基に書かれた小説のほうに登場するという奇妙な現象が起こっています。藤尾氏が、どのような取材を行ったのか、あるいはうちの神社のことを知っていたのか、授業までに少しでも調べられたら、と考えています。

それでは添付ファイル二点、ご確認のほど、よろしくお願いいたします。

*

越後の昔話

やまんば退治

むかしむかし、あったてんがの。越後に名高い川の港、三条の町は、呉服のあきないで栄えておった。京の都から荷が運ばれると、越後中から商人が集まって、たいへんなにぎわいじゃったそうな。ところがその評判を聞きつけた、やまんばが、山んなかの街道のはずれの薄暗い森んなかに住みつくようんなった。そんで、三条を行き来する商人をねらって、夜な夜な街道をうろつき、ひとをさらって、食いはじめたのじゃそうな。

あんまり、おおぜいの商人が食われてしもうて、あそこに寄るのはごめんいうて、人の足が遠のいて、あきないもうまいことといかなくなるほどで、お代官もほとほと困っておった。かといって成敗するにも相手は、ばけもの。だれもかれも尻込みして、よりあいでも車座になって、どうすっかのー、どうすっかのー、と、みんなで頭をかかえておるばかりじゃった。

すると、こんどはやまんばのせがれが調子に乗って、山から町に下りてきて、わるさをするようになった。川で釣りしてる人の背中を押して溺れさせたり、めし屋に火ぃつけたり、百姓のにわとりを盗んだりしておった。

町のもんは、夜通し見張りを立てたけんど、わるさの絶えることなく、弱りはてておったそうな。

ところがある日、この、やまんばのせがれが、川ばたで昼寝をしておったところ、川漁師の長吉という、若い者が通りかかって、このせがれを見つけ、投網《とあみ》を、えいや、と投げて捕らえてしもうた。

そのままお代官のところに引っ立てていき「このせがれめに、やまんばんとこまで道案内さして討ち取ってやろてえ」と進言したんだが、誰も行きたがらんかった。

そこで長吉は「ばけものは、ばけものに退治させるんがいいんでねえか」と、思いついたそうな。

その頃、三条のはずれのそのまたはずれに、町のもんから金を巻き上げる鬼どもが屋敷をかまえておった。こん鬼どもは、お供え物や酒が切れると、通りかかった旅人や、めぼしをつけた町の家に押し入って、酒やら娘やら金やらうばって、やりたいほうだいじゃった。この鬼どもも、ここんとこしばらく、町に人が寄りつかんなったっけえ、困っておった。そこで長吉の話に飛びついた。

「おお、あんげ、やまんばなんか、いどころがわかれば、わしらが成敗してやるて」

そこで、やまんばのせがれを、いまここでおっ死《ち》ぬか、かあちゃんのもとへ連れてくか、こってりおどして、案内させることになった。

やまんばのせがれは「かあちゃんに、ねらがひねり殺されんのたのしみらて」なんて、にくまれぐちをたたきながら、長吉と五、六人の鬼どもを案内した。

街道のはずれの森の向こうの山を越えたその先の、またまた山の頂に、やまんばの家さ、あった。

朝から晩まで歩きに歩いた長吉も、鬼どもも、やまんばの家さ遠くから見つけたとたんに、くたびれて、あの家さ行く前にちょっと寝とこうということんなって、一同崖の下にかくれて寝ることになったと。したが、鬼どものいびきのすげえのなんの。一度は、うとうとしかかった長吉が、あまりのうるささに飛び起きて、うるせえねっか、言おうとしたんだろも、なんと、目の前には、山のてっぺんにいるはずのやまんばが、でっけえナタかかえて立っておった。

やまんばがおる！

長吉が大声をだすと、まわりの鬼どもも飛び起きたが、二、三人ほどは、もう寝ているうちにやまんばの手にかかっておった。

そんで、やまんばと、そのせがれと、鬼どもで、切った張ったの大立ち回りが始まった。長吉は頭かかえてあっちに逃げ、こっちに逃げしてたんだが、そのうち、さあっと、音がひいて、とつぜん静かになった。

顔をあげてまわりを見渡すと、生きておるんは、なんと、長吉ひとり。

やまんばは斬り死にし、せがれも、鬼もみんな、死んでしもうた。

長吉は意気揚々と山を下り、わるさするやつ、まとめて始末したいうて、町の衆に伝えたところ、三条のみんなはおおいに喜び、長吉は名主に取り立てられて、きれいな嫁さんもらって、すえながく幸せに暮らしたそうな。こんで、めでたし、めでたし。いきがぽーんとさけた。

＊

窯変

藤尾雨太郎

濃い闇がゆっくりと沈んで澱み、どろりと溜まったような夜の底で、ぱっとふたつのまなこが開いた。

そのまま両の瞳はずるりずるりと地べたを這いずり動き、乾いた雑草の揺れるざわっ、ざわっという音が後に続く。すると「おい、わっぱ」という声がして両眼はぱちり、とまたたき、後ろをゆるりと振り向いた。「もうちっと、待ていや」

生ぬるい風が吹く。

風は時に強く、時に弱くなり、それに合わせて葉擦れの音は波のように音を立て、引いていき、そしてまた湧き上がる。

厚い雲の陰に隠れていた下弦の月が、ゆっくり、ゆっくり、顔を出す。

ブナの森を抜けて出た先の、背の低い雑草が地面を覆う蒼い谷底の野っ原で、裸の腰に麻縄を結ばれた小僧は四つん這いのまま背後をじっと見つめている。林のなかからのっそり、痩せぎすの、総髪で伊賀袴を穿いた浪人らしき風体の男がまず、現れ、次いで大きな、まるめた菰《こも》を背負った、浅葱《あさぎ》股引《ももひき》姿の侠客風の男が現れた。菰は胸の前に結んだ藁紐で、ぐるぐるとまとめられている。二人とも、手にも顔にも、着物にも、乾いた泥がこびりついている。「ほんに、速いのう、足元もよう見えん獣道を、そのような恰好で」と浪人。「さすがは、あやかしじゃの。のう、長吉どの」侠客風の男に語りかける。長吉と呼ばれた男は「へえ」とだけ答えると、麻縄をしっかとたぐりながら、猿のように腰をかがめ、ゆっくりとわらしのもとへ近づく。小さな声で「ぬしゃあ、ぬしゃあ、この方角でいいだか」しかし、話しかけても、わらしは長吉の顔をぼうっと見つめるばかり。人の言葉がわかっておるのかおらぬのか。待てと言われて止まったくせに、と長吉は思う。

長吉、浪人、童子の一行は朝早くに越後信濃川の支流にある小さな宿場の外れから街道を逸れすぐ脇の山中へ分け入って以降、獣道の泥濘《ぬかるみ》に足を滑らせ、這いつくばって灌木《かんぼく》にしがみつき、名も知らぬ蔦に命を預けて斜面を進むなど、まる一日、ひたすら山の奥へ奥へと歩いてきた。笠も合羽も道中で邪魔になり、捨ててしまったほどである。そしていま、この崖下の、ぽっかり拓けた草っ原に辿り着いたところで、夜も半ばを越えようとしている。これは、もう、疲れた。長吉はへたへたと座り込む。「先生、ここらでひと休みしなさんねえかね、おら、もう」そこまで言った長吉の口を浪人、早川が素早く塞ぐ。小声で「上、右の上じゃ」そのまま、長吉が眼だけを泳がせ、崖の上を探るように見ると、下弦の月の真下あたりに見える樹々の隙間から薄ぼんやりとした灯りが見えた。

「あそこか。わっぱ、でかしたのう」そう言いながら早川は、童子を横目で見る。

童子は、視線を長吉と早川から外し、やはり、二人と同じように灯りの方を見上げた。

「わっぱ」と長吉。「ぬしゃ、あそこまでどうやって上がる」言われた童子は北の方角に視線を送る。「登り口があるだか」童子はその言葉が終わるのを待たずに、重い四肢を引きずるように、四つん這いのまま歩き出す。崖の北の一角に、灌木を折り、斜面を踏み固め、わずかな段差をつけた、登山路の入り口のようなものが見えてきた。

「ここか」と早川が言うか言わぬかの間に、童子は突然背を伸ばし、ほーう、と奇声を張り上げた。眼前の崖の縁にへばりつくように茂った黒い樹々から一斉にバサバサと音を立てて大小の鳥たちが跳ねて飛び出し、ぎゃあぎゃあと騒ぎ出す。

その刹那、長吉の目の前を鈍い光が走ったかと思うと、ごん、と重い音が響き、童子は脳天から血を噴きながら倒れた。

「や」と長吉。童子に話しかけるか早川に話しかけるか迷うているうちに刀を鞘に収めつつ早川が応える。「なに、峰のほうよ。運が良ければ生きておるであろう」

「へ、へえ」長吉は返事をしながら童子の頭にふれる。手の平に、熱く、ぬるりとした真っ黒な血がついた。いや、これは死んでしもうたのではないかと、長吉は思った。

「しかし、この道はとりわけ難儀そうじゃ。半時ほど、休んでから登るか」と早川。

「それだと、あっしも助かりますで」と長吉。

「夜明け前には着くであろう」早川もまた、疲れていたのであろう。小さな声でつぶやくように言いながら、その場にどっかと腰を下ろした。

二人は竹筒の水で喉を湿らせ、崖の斜面に背を預ける。ゆっくりと流れる雲が薄い氷で出来たような白銀の新月を覆い隠すたび、蒼い谷底の周囲はくろぐろとした闇に包まれる。そのまましばらくじっとしていると夜目が効き始め、物の輪郭が濃い墨と薄い墨の濃淡となって眼前に現れてくる。うとうとと目覚めているのか眠っているのか本人たちにとっても判然としないひと時を送ったのち、二人はゆっくり腰を上げ、登山路へ入った。その間、童子はぴくりとも動かなかった。

不憫《ふびん》な童よ、と長吉は一瞬目をやると、視線を崖の上に向け、登り始めた。

長吉が越後の土地に流れてきたのは十数年も昔、年は七つになるかならぬかといった頃のことだった。いまでも時折、小さな手足をひたすら動かし、途方もない餓えを抱えながら、谷間の道を歩き続けている夢を見ることがある。山の向こうに夕日が落ちて、空は真紅に染まり、目の前の大地は深く、真っ黒な影に覆われている。その闇のなかで長吉は、前へ前へと一歩ずつ進むたびに、からっぽの胃の腑《ふ》が軋《きし》むように痛むのを感じる。だがしかし、進まねばならぬ。それだけはわかっている。それは、自身の古い、過去の思いを見ているのだった。

それは、この国を未曽有の飢饉《ききん》が襲った年の秋のことだ。

長吉の村では食えるものはなんでも食ってしまい、鼠一匹さえ見当たらなくなり、木の皮、根っこを食わねばならぬほど土地が荒れ、ついには夜明けが来るたびに一軒、また一軒と、飢え死にで皆死んでしまうか、村を棄てて逃げてしまうか、ふたつにひとつの理由で家が無くなるあり様となっていた。長吉はその前年に母親を亡くしており、幼い身ながら懸命に父の田んぼの手伝いをして——といっても真似事ほどのことしかできなかったが——なんとか父子二人、つつましく暮らしていたのだが、もとより食い物の蓄えなど然程《さほど》もなく、さらには村の一家が餓死した我が子を煮て食ったという事件が起き、その一家を村の衆全員の手で殺してしまおうという話が出るに及んで、ついに長吉の父もこの村に見切りをつけ、からからに乾いた棒きれのような腕で、これまた小枝のような長吉の腕をつかみ、親子二人で飢饉を逃れるために国越えをし、飢饉の影響が薄いと聞いた、この越後の地に、遠縁を訪ねてやってきたのだった。

峠から灯りのまばらに点った集落を見下ろした長吉は、田んぼに黄金の稲穂が揺れ、小川に月が映っているのを見て、夏の熱気に川が枯れ井戸は干からび赤い大地がひび割れていた、いままで見知った世界と、ここは違うと思ったが、胸の内には驚きも感動もなにもなかった。なぜなら、世界とは自分の目の前に、ただ、あるもので、眼前の風景が次々と変わってゆくだけの「現象」だったからだ。つまり、夜が来ようが朝が来ようが水を汲もうが鍬《くわ》を担ごうが鍋の底を舐めようが人が死のうが父《とと》が泣こうがなにがどうなろうと、長吉が生まれてこのかた四六時中餓えていることにはなんの変わりもない。幼い子供の腹が空っぽなのは、その両足で立つ大地が変わっても、同じことなのだ。そう思っていた。

だから、遠縁の屋敷の大きなことにもさして関心は持たなかった。その家は母方の筋にあたる本百姓で集落では、なかなか一目置かれていたらしい。

ともあれ、父と長吉は瀕死の状態でたどり着き、父は先祖代々細々と貯えてきたなけなしの銭を取り出し、そうそう長居はせぬので、せめてひと月、衰えきったこの体が以前のようになるまで飯を食わせて休ませてほしいと談判をしたのだが、しかし、帰る村が飢饉で無くなっていようが国を捨てた欠落人は罪人だということで、その金を取られて父は、その遠縁の連中に、よってたかって殴り殺されてしまった。その様子を、長吉は、はっきりと覚えている。

土間に転がる父の骸《むくろ》。

木乃伊《ミイラ》のように痩せさらばえた灰色の体。頭をかばおうとしたのだろうか、祈るように折り曲げた両腕は半端な形で投げ出されており、漬物石で殴りつけられた脳天は柘榴《ざくろ》のように裂け、白目を剝いている。

長吉は、父が殺されるその時、ほとんど生まれて初めて白い米だけで作られた粥を食っていた。

胃の腑の底に滋味あふれる食いものが落ちていき、手足の端まで沁み渡るように力が満ちる、その感覚を長吉は心の底から味わい、椀に顔を埋《うず》めるようにして粥を啜《すす》っていた、その横で父は頭をかち割られたのだ。

長吉は一瞬、顔を上げたが、食うのを、やめることができなかった。

どうしても、腹が、減っていたのだ。

あるいは、父親の頭に落とされた漬物石が、次に長吉自身の頭の上に落ちてくると知らされても、粥を啜るのをやめられなかったのではないか。

ともあれ、長吉はその遠縁の農家で下男として働くこととなった。その初仕事は父親の埋葬である。屋敷の裏の竹林の奥で、縦横に広がる竹の根に苦労しながら細く幼い小さな手で、まる一日かけて穴を掘り、父の両足を持ち、引きずって、その穴の中へと落として埋めた。作業を終えて感じたことは、とにかくえらく腹が減っているということだった。

今日も飯が食えるだろうか、考えながら長吉は屋敷へ戻った。

峠を越えてやって来た越後の気候は山の向こうとは異なっており、その年の収穫はそれほど悪いものではなかった。遠縁の農家では養蚕も行っており、餌の桑の葉も尽きることがなく、現金も蓄えていた。

そこで長吉は、一日の終わりに出されるひと椀の粥のために、働き、生きた。

冬を越え、春が来て、夏を迎え、そのまま次の四季が過ぎ、一家を皆殺しにするまでは。

きっかけは、長吉が井戸端で行水をしている主人に呼ばれ、いつものように背中を流せと言われたその後のこと。月日も経ち、いっこうに歯向かうことなく黙々と働くのを見て、そろそろ頃合いと考えたのであろう、主人は弄《もてあそ》びの相手と定めて生かしておいた長吉を組み伏せ、事に及んだのだった。

その夜中、長吉は土間に敷かれた筵《むしろ》から身を起こすと、村はずれの鎮守の杜へよろよろと歩いていった。

そこには諏訪神社の系列に属する神社があり、その集落に伝わる、伝説の鬼を叩き斬ったと言われる大太刀が御神体として奉納されていた。薙鎌《なぎがま》の代わりといったところであろう。手にすれば人を斬りたくなる妖刀と噂する者もあり、本殿の奥、頑丈な錠前付きの格子戸の向こうに安置されていた。長吉は社の裏で大きな石を拾うと、両手で抱え、何度も何度も叩きつけ、ほとんど木を削るようにして錠前の蝶番を壊した。刀掛台の上の大太刀をつかみ、その場で長大な鞘から刀を抜くと、月の明るい夜道の下、抜き身の切っ先を引きずるようにして歩いた。そして屋敷に戻るとそのまま土間から廊下へあがり、寝ている家人の喉もとへ渾身の力を込めて、ぶすりぶすりと突き立てて回った。

翌朝早く、疲れた長吉は大太刀を足元に放り投げ、血塗れのままその屋敷の前に座っていた。

「小鬼かえ」

声をかけられて見上げると、そこには旅姿の、目つきが鋭い、ひと目で侠客と見当がつきそうな中年の男が立っていた。

長吉自身はこの時のことを、よく覚えていなかったのだが、三条の賭場を取り仕切る寅蔵は後年、長吉にこう語った。「あん時、おめえは笑ったのよう。底の抜けたような、明るい笑顔でなあ。それで、こいつはおもしれえやと気にいったのさ」

長吉は寅蔵一家に引き取られ、家の手伝いを行う小僧となった。

寅蔵は、掃除に始まり、洗濯仕事、神棚の手入れなど細々とした家の仕事を長吉に仕込み、ひとつの仕事が終わればよくできたと褒め、若衆に言いつけて寺子屋に通わせ、読み書きなども教え込むうちに、長吉は、腹を満たす以外にも、人は働く理由があるのだと思い始め、次いで、寅蔵の役に立ちたいと思った。

その考えを寅蔵に伝え、たいそう喜ばれると、こんどはその思いを、世話を焼いてくれる若衆たちに伝え、さらに近くの家々の人にふれまわり、そのたびに「これは感心な小僧だ」「がんばりなせよ」と、多くの人々から声をかけられた。そのうち、長吉は、おのれの胸の内に「こころ」というものが生まれてきたような感じがした。

長吉は、寅蔵がひと声かけ、その声に促されて働き、多くの人に褒められ、話しあう、そのひとたびごとに、少しずつ、人に近づいていったのだ。

長吉は、人によって、人となったのである。

十年が経つ頃には長吉は賭場の客の世話をする出方となっていた。堂々とした働きぶりで、もめごとの仲裁をはじめ、何度か刃物を振るい、腕っぷしをちらつかせる機会はあったものの、人を殺めることもなく、それなりに穏やかな年月を重ねていた。二十を過ぎる頃には、寅蔵が「あいつとは昔、こんな縁があってな」と血だるまの童であった長吉との出会いを客人に話したところで「親分さんは冗談の腕も逸品で」などと言われることも多く、本気にするものは一人としておらぬほどだった。

広い屋敷の中庭にある桜の花も散り散りに散った春も遅い日、一家の食客である浪人、早川の居室で長吉は小さく、妙な色合いの壷を見た。上半分が朱に染まり、波のような弧をゆらりと描いて途切れ、その下は漆黒となっている。早川は、その壷を畳の上に置き、自身は肘枕をし、寝転がって眺めていた。開け放たれた襖の向こう、廊下の端からその壷を目にした長吉は、その壷が血の滴る天と絶念の淵に沈んだ漆黒の地上のように見え、さらにはこの風景こそ、夢で見るあの風景であると感じた。

「先生、そいつぁ」

早川は肘枕をしたまま、首を重そうに少し動かし「長吉どのか」と言うと起き上がり、胡坐《あぐら》をかいた。

「この壷か」

「へえ」と長吉。「なにやら名のある品物で？」

すると早川は、ふっと鼻で笑い「こいつは、しくじりものよ」と答えた。「こいつは佐渡の焼き物でな、もともとは全体が真っ赤になるものなんだが、どういうわけか、たまにこのようなしくじりができる。なんでも窯変とかいうらしいのだが、これはこれで味がある」

「へえ」

そして次のひと言に長吉はぎょっとした。

「どこかに地獄とかいうものがあるなら、それはこんな天地に見えはせぬか」

長吉が驚いて黙っていると早川は、ほっほっと短く笑い「見立てよ、見立て」と言った。

「だがのう、わしらが生きておるこの世も、見立てひとつでがらりと変わってしまうのかもしれん。窯元や商人にしてみれば、こいつはどうにも売れぬしくじりなのだが、わしにとっては手放せん、味のある焼き物なのじゃ」

「そいつは」胸の鼓動を押さえながら言うと、長吉はゆっくり息を吐き「あっしにも、わかる気がいたしやす」とつづけた。すると早川は「こんなところにも風流のわかる御仁がいたかの」と言い、ふたたび、ほっほっほっと笑った。


三条の宿場に妖異の者が現れたのは、そのひと月ほど後のことである。宿場のなかを、人の手をかじりながら歩いている童子がいるとの知らせを受け、役人が捕縛したのだが、そのかじっていた手というものが寅蔵の賭場で働く若衆のものだったのだ。

「右の小指を刃傷沙汰で落としておりやしたが、この傷跡はまさしく」と番屋に駆けつけた寅蔵。「三日ほど前に、南会津の知り合いのほうへ使いにやったばかりで」と続けると、役人も「神隠しの噂はずいぶん前からあったのだが、これは、ややもすると、本当に居るのかもしれんのう」と言った。もしも峠になにかがおるのなら、と、やけに力強い口調で言った後、仇打ちにもなろうゆえ、ぜひ一度、見てきてはもらえぬかと話を続けた。

得体の知れぬものに名目はつかぬので役所は動けぬ、ということであったが、現に若衆が殺されているであろう寅蔵も面目を立てる機会が必要であった。そこで食客の早川と、長吉に白羽の矢が立ったのである。

「あっしでよろしいので」と長吉が聞くと寅蔵は、髪は伸び放題、体も汚れ放題で、口の周りを血で染めた童子を指差し「だって、昔のおめえにそっくりじゃねえか」と言って笑った。

夜明け前の暗闇のなか、草の根をつかみ、足もとの感触をつま先で確かめ、体をぐい、と持ち上げる。次に崖の上に肘をかけると長吉はそのまま全身を引き上げた。早川はもうすでに小屋の前、四間ほどの距離を隔てたブナの大木の陰に隠れ、こちらを見ている。崖を上がって来た長吉を見て、軽くうなずくと手招きをした。息を整える間もなく、重い体を心の内で叱咤しながら早川の足元にたどりつき、座り込んだ。背中に背負った菰を結わえた藁紐が、体に食い込む。その長吉の耳元に早川が囁く。「どうも、おかしい」なんのことやらと長吉が怪訝な表情をすると同時に、粗末な筵が掛けられただけの入り口、その隙間から洩れる、ほのあかい光を指差し「気配がせぬ」と言うと、早川は摺り足で素早く戸口へ近づき、筵を手に取り、くぐった。その一連の動きの気負いの無さ、あまりの自然さに、さすがは侍だと感心しながら、長吉は後へ続いた。

筵をくぐってすぐ目に入ったのは土間の大きな板の上に乗せられた、解体途中の男の死体である。首も手足も無かったが、その体つきと、肩口に見える桜の彫物から長い間同じ釜の飯を食ってきた若衆のものだとすぐにわかった。

次いで、血と肉の腐った、どろりとした臭いが鼻の奥へと染みてくる。重く湿った、ねばつくような小屋の空気。

長吉は眉をひそめたまま、しばらく死体を凝視していたが、ふと早川も自分を凝視していることに気がついた。その手を刀の柄にかけている。

小さな声で「吐かぬか」

長吉が首を縦に振ると、その手をようやく剣から離した。大きな音を立てて嘔吐でもしたら、ものも言わずに転がった童子の二の舞になるところだったのだろう。長吉は大きく息を吐くと小屋のなかを見回した。土間には竈があり、水がめが置かれ、隅に鍋釜が転がっている。その隣には一段高くなった六畳ほどの板場。中心には囲炉裏があるのだが、炭火はいまにも燃え尽きようとしている。部屋の隅には、襲った旅人の荷物であろう笠や着物、行李に杖などが積み上げられていた。

「鬼の巣よ」と小声でつぶやく早川。「わっぱがいるとなると山姥かもしれんな」

そう言いながら早川は静かに抜刀し入り口の脇に体を寄せた。

長吉も藁紐をほどき、巻いた菰を土間に置くと両手で開き、なかから抜き身の大太刀を取り出した。

「そいつは」と早川。

長吉は懐から取り出した真田紐で襷《たすき》掛けをし、鉢巻をきつく結ぶと、答えた。

「餓鬼の頃、近所の神社にあった御神体で」

早川は寅蔵から例の一件のことを聞いていたのであろう、にやりと笑うと、うなずき、ついで筵の隙間から外を窺おうと入り口のほうへ首を回した。

瞬間、筵がばらっ、と音を立てて下へ落ち、ぶわっ、と土煙が湧き立つと同時に、早川の首に巨大な鉈《なた》が突き立てられた。血飛沫《ちしぶき》がびゅううと音を立てて小屋の天井へ跳ね上がる。血の雨となって小屋のなかへと降ってくる。意識が遠のくなか早川は、それでもただ一度、太刀を鋭く振り、妖異の者の腹をざっくりと斬り、その瞬間、絶命した。

早川の血で全身を赤く染めた長吉はその血で目を開くこともままならないまま、うおおおおお、と大声を上げ、闇雲に大太刀を振りまわした。がつん、と手応えがし、長吉はそのまま後ろへひっくり返る、そして、なにかが倒れた音がした。死ぬ。食われる。と観念し体を丸く縮めたが、それからなんの音もせず、動く者の気配もない。長吉は目を何度もこすり、ぼんやりとした視界を取り戻すと、立ち上がった。

板場に背中を乗せ、喉をぱっくりと開けて死んでいる早川の姿。そして、足もとにはざんばらの髪を伸び放題にした年老いた女が鉈を握ったまま仰向けに倒れていた。緋色の襦袢は血にどっぷり塗れ、黒々と濡れている。裂けた腹からは、腸が飛び出し、額には真横に一文字の傷が深々と残っていた。それは長吉の大太刀によるものであろう。女は、ひゅううひゅううとかすれがすれの息をしている。その両の目で、じっと長吉を見つめている。流れ込んだ血で白目は朱に染まり、黒々とした瞳にはかすかな光も映らない。

ああ、これは。長吉は思った。

窯変だ。あの壷の、風景のようだ。

年老いた女は目を閉じた。

長吉は大太刀を両手で握り、その切っ先を老女の喉に押し当て、突いた。

長吉は長い間、ぼんやり板場に腰かけていた。

腰かけて考えていたのは、自分もこの婆のようになっていたかもしれぬということである。ひょっとすると巡り合わせがほんの少し、ずれただけで、自分もこうなっていたかもしれぬ。そこで、ふと、思いあたった。人を殺し、人を食うというのもまた、この婆の日々にとっては「当たり前なこと」だったのではないか。

自らの遠い飢餓の記憶を手繰り、幼い手で一家を殺めた過去を振り返り、追い詰められ、追われ、逃げ、生きのび、そしてそれしか手がないというのであれば、それを生業とし、平気で人を殺め、食らってしまえることが「自然」になるのではないか。

自らの考えに長吉は、寒気がし、実際、からだをぶるり、と震わせ、震わせたと同時に、ようやく、この二人を、どこかに埋めなければと思いついた。

小屋のどこか、裏手などに鋤《すき》や鍬などないのだろうかと考え、立ち上がると、小屋のなかへ崖下に打ち捨ててきた童子がとことこと入って来た。「おお」と声に出す長吉。しかし、わっぱ、生きていたのか、と声をかける間もなく、童子はまっすぐ若衆の解体された死体の前に行ってしゃがみこむと、その肉をむしり取り、食い始めた。

5　七月　最終土曜日　午前

文芸部室の宗介

「君はこの部に入部すると、きっと……そうだな、たとえば、いま僕が持っているシャープペンシルを主人公にした小説だって書けるようになるよ」

宗介は、この言葉を聞いて、なんかそんなシュールなこと、いままでの人生で考えもしなかった！　なんか、この大学の文芸部ってすげえんじゃねえの！　と考えて入部したのだが――事実、出身作家も一名だけ、いたことはいたのだ――入部後、この言葉を発した当の本人である青山《あおやま》先輩（長髪にあごひげに丸メガネ。秋・冬・春は黒いタートルネックのセーターを着用）から「あー、あの勧誘の言葉はねえ、実は、サルトルが目の前のグラスを指さされて『このカクテルについて語ることが哲学になるんだよ』って言われてビックリしちゃって、現象学を学ぶことになったっていうエピソードがあるんだけどさ、それを、自分も誰かを相手にやってみたかっただけなんだよね」と笑顔で言われて、宗介はその言葉にふたたびビックリしてしまい、「え、じゃあシャーペンが主人公の話を書いた人はいないんですか」と訊いてみたら「少なくとも自分が在籍してる限りじゃ知らないなあ」なんて答えが返ってきて、宗介は、なんだそれ、ちょっとがっかりだなあ、と思ったものの、それならいつか俺が書いてみようかなあ、と心に決めて二年経ち、大学三年になって前期試験も終わった、いま、この夏、ついに、とうとう、いよいよ、書いてみるべきだろうと決意して、七月最終週の土曜の午前、安っぽいプレハブ造りの第二部室棟二階の文芸部室で、文芸部が所有するノートパソコンと向き合っているのだった。

午後には花園先輩がやってくるのを宇喜夫とともに待つ予定だし、それまでにある程度までシャーペンが主役の小説を書いておきたい。なにしろ今回、文芸部の部誌・秋の号の編集委員は、宗介と宇喜夫だ。その権限をきちんと行使して、ボツにされることなく掲載してやるのだ！　千載一遇の機会を得て、画面に見入る宗介の視線は真剣そのものだが、キーボードを叩くタイピングは、まだどこか、たどたどしい。

実は宗介は、自分のパソコンを持っていない。作品を書くときは文芸部のパソコンを使用する。もっと言うと、文芸部のパソコンを自分のレポート作成にも使用している、時には自分の所属する教育学部の授業に持ってゆくこともある。

一度、文芸部の先輩にいいかげんにしろよ、と怒られたこともあるのだが、その先輩が文芸部のコンパの帰りに宗介の部屋に立ち寄ったところ、そこは電灯、鍋、食器、冷蔵庫、炊飯器、ちゃぶ台、酒瓶以外のなにもない部屋で、教科書や本、服や下着は、煎餅みたいに平らな布団と一緒に、押し入れのなかにしまわれているという有様。

こんなところでよく暮らしているなと言われて「親に負担かけたくないんで、根性です」と答えて以来、宗介に関しては私用で部室のパソコンを使っても、まあ仕方がないということになったのである。

この状況に関して、同学年であり、同じ文芸部員であり、友人でもある宇喜夫は、宗介の父親が不動産屋をやっていることを知っているので、経済的な理由というよりは、どうも偏屈なライフスタイルの問題ではないのかと考えているのだが、あまり深く突っ込んだところで、誰の利益にもならなそうなので放置しているといった感じだ。

とにかくいま、黒のタンクトップにカーゴパンツ姿の宗介は年代物のパイプ椅子に座り、部室の真ん中に置かれた大きなテーブルに頬杖をついてパソコンの画面をのぞきこみ、とりあえず小説の出だしはどうしようかと考えていた。卓上にはここ数年分の文芸部の冊子『蜻《とん》蛉《ぼ》』や、何種類かの大手出版社の文芸誌、小説、漫画本が散乱し、その隙間にオセロゲームのボードやポテトチップスの空き袋、ぬるくなったコーラのボトルが置かれているのだが、あまりにも普段どおりの散らかりようなので、宗介およびほかの文芸部員の視界にこれらの惨状が飛び込んできても、思考の妨げにはもはやならない。テーブルの隅にはあと数年で骨董品に転生しそうな年代物の小さな扇風機がちょこんと置かれ、とりあえず羽根は回っているのだが、まるでその光景がホログラムの立体映像に思えるほど、とにかく、風がやってこない。気温が高くなる午後には、不快指数が右肩上がりで天井知らずになり、陽射しまばゆい夏の浜辺でドテラを着込んで焚き火を囲む我慢大会のような状況を迎えるにちがいないのだが、そんな遥か未来のことは、いまの宗介は気にならない。本棚の上に置かれた小型ラジオからは、最新のチャートでミリオンヒットを記録した日本のアイドルの歌が流れてきている。宗介は、しかし、世事に疎《うと》いだけに、聞き耳さえ立たず、いい感じで集中できている……はずだったのだが、さて、これが、困ったことに、最初の一語が出てこない。

だいたい、どんなものを書こうかというおぼろげなアイディアはあるのである。

けれども、走り出すための最初の一歩が踏み出せない。

走りはじめれば、体が倒れる前に次の一歩を踏み出すように、次から次へと、言葉が生まれてくるにちがいないのに。その予感は、絶対、あるのに。

宗介は汗を流す。

それは暑いからではない。

それは困惑の汗であり、緊張の汗であり、俺ってやっぱりこんなものなのか……という、「諦念《ていねん》という名の重い扉」を目の前にした恐怖の汗である。ちなみに、その扉の向こうには

「絶望と呼ばれる荒野」が広がっている。

う……。

まったく動かないまま、宗介はうめき声を、漏らす。そして、

「うわわわあああ」

意味不明な叫び声をあげながらキーボードをガチャガチャと叩いた。そこで出現した一文が、こちら。


吾輩はシャープペンシルである。名前はまだ無い。


「うおおお」

宗介はふたたび、雄叫《おたけ》びをあげながらガチャガチャとBACK SPACEキーを叩き、その一文を一文字ずつ消していった。

ぜえぜえと、肩で息をしながら、心の底から思う。

なんだこれ。いまのはやばいよ。

そして頭を抱えた。

だいたい、シャーペンに名前つけるやつなんかいねえよ……。

宗介は文芸部に入部して二年になるが、作品数はあまり多くなく、そのどれもがエッセイなのかストーリーなのか判然としない散文の小品ばかりだった。最も評価が高かったものは『白と黒』という作品で、文芸部が所有するオセロゲームの石がひとつ紛失した出来事を題材にとったものだ。そこで宗介は勝手に宇喜夫を犯人と決めつけ、なぜ宇喜夫はオセロの石を盗む必要があったのか、さらに、その石をどうやって盗んだのか、想像力をフル回転させて描き、おおいに宇喜夫をからかった。ちなみに事件の黒幕は花園先輩で、宇喜夫にどんな罰ゲームをさせるか五百円玉を投げて決めようとしたのだが、五百円玉のどちらが表でどちらが裏かわからなかったため、白と黒にはっきり分かれて、実にわかりやすいオセロの石を「ウッキー、あれ一個とってきなよ」と宇喜夫に命じたことが発端となっている。ちなみに花園先輩はこの作品をゲラゲラ笑いながら読み、宗介に会ったときには拳を前に突き出し、親指を、ぐいっと立てて称賛した。宗介の作品はほかにも『白と黒』『魔の青山』『おいしいメンチカツ八〇円』『うどん帝国のおばちゃん』などがあるが『白と黒』は、構成的に、もっともストーリーっぽかったため、うけたのであろう。そもそも宗介の創作に臨む姿勢が、ケラケラと周囲の人間をおちょくるような感覚に基づいているか、日々の暮らしのなかで感じたちょっとした感動を忘れずに書き留める備忘録程度のものでしかなく、今回のように「ストーリーっぽいお話を、俺は書く！」みたいな本腰を入れた状態は、いままでなかったのである。

なにしろ宗介は文芸部の部室でぶらぶらしている日数は、部員のなかでも圧倒的にトップなのだが、その過ごし方となると、誰かが持ってきた漫画週刊誌を読んだり、本棚に入っている小説を読んだり、暇な部員とオセロをしたり、過去の文芸部の冊子を読んだり、ぼんやり窓の外を眺めていたり、ラジオのニュースを心待ちにしていたり、昼寝をしたり、鼻をほじったり、スナック菓子を食べたり、あくびをしたり、というのが大半で、たまに行われる三題噺やコントなど、部の創作イベントにもあまり参加したことがない。実はパソコンに向かうことは珍しい状況に入るのである。

つまり、

A【いつもはだらだら過ごしている部室でパソコンに向かう】

＋

B【いままで挑戦したことのない、物語を書く】

という現在の宗介の姿は、二重の非日常に遭遇しているわけなのだ。

つまり、自然じゃない。

無理矢理である。

だから、思考も硬直する。

そのため、最初の一歩が踏み出せない。あぶら汗が止まらない。

やばい……「諦念という名の重い扉」がゆっくり、開いてしまいそうな気がする。

その時、つけっぱなしの小型ラジオからCMのナレーションが聞こえてきた。


「こんにちは。ご機嫌はいかがですか、第六証券です」

突然、宗介は閃《ひらめ》いた。


そうだ、挨拶だよ！

やっぱりさあ、物事の始めって、挨拶じゃん。武道だって、礼に始まり礼に終わるとかいうし。

そうだ……そうだな、まずはシャーペンが挨拶をするところから始めてみよう。

うん。それでいこう。

というか、それしかないような気がする！

宗介は目の前のパソコンのキーをゆっくり、ゆっくり、叩きはじめた。

6　最高のシャーペン

やあ、どうもどうも、はじめまして、こんにちは。

私、シャーペンです。今日からよろしくです。

いやあ、初めての筆箱ですから、なにか、緊張しますね。ピンクのね、ビニールのソフトケースといいますか。あ。ペンケースっていうんですか。なかなかいい感じで。うん。いいですね。ここで、これからみなさんに、お世話になります。ご迷惑とか、おかけするかもしれませんが……。

ほんとによろしくお願いします。

え……

そう。

そうですね、これから長い間、先輩のシャーペンさんや、蛍光ペンさん、三色ボールペンさんに消しゴムさん、定規さん、替え芯さんと一緒に肩を並べるわけですから、ここで自己紹介でもしておきたいんですが……。

あ。ありがとうございます。

では、はい。

私、実は新品ではありませんで。はい。もともとは違うご主人様に使われていたんです。私の最初の記憶は、大きな書店の文具売り場の什器《じゅうき》のなかに、ポン、と入れられて、ぼんやり立っていたことですね。なんといいますか、若くてね、ぴちぴち輝いてる水着の女の子の写真集がたくさん並んでいたのを、覚えてますね。けっこう近くて。なんか、まぶしいなあ、って思いながら、ぼうっ、と見てましたね。

そしたら、なんか、目の前にですね、丸顔で、眉が太くて、ほっぺも赤い、なんか、もっさりした女の子が立ってまして。これまた、同じ人間でもポスターの娘とは、ずいぶんちがうもんなんだなあって、思わないこともなかったんですが、その子が、じっと私のほうを見ておりまして。というのも、私、ご覧のようにアルミのボディーに赤いカラーで、そのうえボディーは鉛筆さんのように六角形になってまして、まあ、自分で言うのもなんですが、けっこうスマートで、かっこいい感じじゃないかと思っているんですが。ええ。はい。すいません。

えへへ。

そんで、見つめあうふたり、みたいな感じになりましてですね、そのあと、ひょい、と持ち上げられてレジに向かったわけであります。

おお、やった！　という感じで高揚する反面、これから、あの、もっさりした女の子とともにどんな暮らしが始まるのだろう、自分はちゃんと活躍できるのかな、みたいなですね、心配な気持ちも少しありまして。なんていうんですか。昔、有名なプロレスラーが「選ばれしモノの恍惚と不安、二つ我にあり」みたいなことをリングの上で語ったらしいですが、その気持ち、わかります。

で、なにやらごそごそと紙袋に包まれまして、これからどうなるんだろうなあ、なんて、袋の中で未来のことを考えようにも、さっぱり過去の経験もないわけですから、なんにも思いつきませんで。いやはや。そんなもんですから、自分が入っていた袋にリボンがついていたのも、外に出て初めて知ったわけです。

なんと、この私、プレゼントだったんですね！

で、もっさりした女の子がですな、これまた丸い顔に眉が太くてほっぺも赤い、もっさりした男の子にお誕生日おめでとう、と言ってまぶしいほどの笑顔じゃありませんか。

このとき、ふたりは中学二年生。もっさりした男の子は、なんだか、目がうるうるとして、ぐしぐし鼻を鳴らしていましたが、感激したんでしょう。鼻も恥じらうお年頃というわけですな。

で、まあ、その少年、宗介くんが、私のご主人様になったわけであります。

彼女の名前は、まあ、M美さんとしておきましょう。

ふたりは、おたがいに好きだなあと思っているものの、まあ、そこは中学生ですからね。遠慮がちなつきあいと言いますか、いまやもう天然記念物並に珍しいとは思うんですが、交換日記なんてものをやってまして、いや、実にたわいないんですよ。特に宗介くんとか、晩飯になに食ったとか、この漫画がおもしろかったとか、野球部の仲間と悪ふざけをしたとか。M美さんの場合は、もう少し、やっぱりこの時期の女の子は、もうちょっと、大人なんですね、人生どう生きるべきか、とか、ニュースで見たかわいそうな事件とか、なんというか、わりと社会派だったですな。

宗介くんの右手にガシッと握られた私としても、なんというか、ケツから入れて腹に蓄えた芯ではありますが、そこは鉛筆さん同様、身を削る思いで、一文字、一文字、真っ白なページに書きつけていくわけですから、その内容が、こんな、たわいもない感じで、果たして自分はモノとしての使命をまっとうしているのか、ちょっと疑問に思う一方、M美さんの使うシャーペンに対しては、こんな立派なことが書けて、うらやましいなあ、なんて、ほんとに思ったですね。だいたい、宗介くんの返事は、いっつも適当でねえ……。たいていは「気にしない気にしない！」で終了ですよ。つづけてなにを書き出すのかと思ったら、ケツをがんがんノックされて、なんとか芯を吐き出して、ノートの上を必死に這いまわって、その結果が、お尻をぺろーんと出したガキのイラスト入りで『おちゃらぷー！　って一発ギャグを思いついたよ』なんて感じなんですから、脱力です。

それがまたM美さんも『すごい。おもしろい』とか、返してくるもんですから、もう、恋は盲目って真実なんですな。

休日のデートとかになると、ふたりで映画に行ったり、公園をぶらぶらしたりしていたようですが……そういうときには、私、部屋の机の上か、セルロイドの筆箱のなかで赤鉛筆さんや蛍光ペンさんと一緒にぼんやりしてるわけですから、そのへん、詳しいところはよくわかんなかったですね。いえ、期待にそえず、すいません、どーも。ただ、まあ、交換日記に書かれた分には、ほのぼのした感じだったようですよ。

でもね。

たまに、校内なんかで宗介くんが私をワイシャツや学生服の胸ポケットに入れたまま、うろうろしてくれたんでわかるんですが、見つめあうふたりは、なんか、きらきらしてましたね。基本はどっちも、もっさりなんですがね。それでも、まあ、もっさりなりに、輝いてましたよ。

それから、下校のときなんかには鞄のなかでふたりの会話を聞いていたりするんですが、なんていうんですか、こんな私でもね「いちゃいちゃしやがって！」とか嫉妬するくらい仲良かったですね。ほんとに「キャッキャ、ウフフ」の世界ですよ。あれですね、ほんとに「いやーん」とか言うひと、いるんですね。いや、M美さんなんですけど。いや、そりゃ、そうですよ。宗介くんが「いやーん」なんて言ったら、私、ショックで、お腹の芯が粉微塵に爆発してますよ、きっと。

いや、ほんと。

ああ、あと、意外と宗介くん、学力はまともでした。

私もね、あの、テストの時とか、私を握る宗介くんの力の入れ具合とか、書き上げるスピードとか、そのへんで、よし、もう、この答えは正解だな、とか、ううん、これは怪しいぞっていうのは、わかってくるもんです。

なんていうんですか、そういうときは「私だって、いま、宗介くんと一緒に戦っているんだ！」って感じでしたね。その意識は、ずっとありました。だから、高校受験で志望校に入学できたときは、やっぱりうれしかったですねえ。

わりと夜食のラーメン食べてそのまま寝ちゃうとか、よくあったんですが。

それでも睡眠時間削って勉強してましたからねえ。

うん。やっぱり、やりとげたって感じが、すごくしましたね。

宗介くんがね、高校の校門で、同じように合格した友人と笑顔で抱き合ってね。なんていうんでしょう。晴れ晴れしいって、こういう気分のことを言うんだなあって、ほんとに、ほんとに、実感しましたですねえ。

そしてですね。

高校に入学した宗介くんは、そこでも私をしっかり使ってくれました。

いやあ、うれしかったですよ。

それは、もう。

宗介くんは高校ではボクシング部に入りまして、なんでもこの県の高校には、あんまりボクシング部っていうのがないようで、どうやら「入部して、練習してれば、すぐ全国大会だよ」って勧誘に、その気になったようですな。

根がね、なんか、素直というか。

まあ、いろいろ、信じやすい人なんですよ。

でもまあ、宗介くん、中学時代はなんか、もっさりしてたんですけど、なんだかこのへんから、シュッとした感じに痩せてきまして、顔だちも、なんといいますか、ひいき目に見ても、精悍な感じになってきましたね。

あのね。

なんか、告白されたこともあったんですよ。

体育館の裏で。

ふはははっ。

すっごい、ありがちな感じなんですが。

ただね、そのときね、宗介くんはね「俺、彼女いるから」ってね。毅然と、ね。いや、立派でしたよ。しかも、その彼女が私を買ってくれた人なわけですから、私も、なんか、ちょっと鼻高々って感じになったもんです。

ただ、ねえ。M美さんはちがう学校に進学したもんで、高校生活っていうことで言えば、離ればなれの状態だったんですね、ふたりは。

それでも、つきあいつづけたわけです。

あのですね、高一の冬にですね、M美さん、宗介くんのお部屋にやってきまして。私、勉強机の上に転がってたんですけれども。ふたりでベッドに座っててね。

えー……。

あー……いや、いや、いや。

やっぱし、ここから先は言えませんですね。いや、これは、もうしわけない。

えへへへへへへ。

と、まあ、学校もちがうし、デートに筆箱もっていくような人も、あんまり、いないわけで。ふだん、ふたり一緒のところを見る機会も減ってたんですが、それでも、ふたりはいろいろと待ち合わせて、出かけたりしていたようですね。

ただ、まあ、高校二年生の夏ぐらいからですかねえ。宗介くんも部活に力入れてましたし、なんか、だんだん会う機会も減ってきたようで。

それでも、たまに一緒に出かけたあとなんですかね、なんか、部屋に戻ってきた宗介くん、どうしたことか、決まって「なんかなあ……」とか「どうしちゃったのかな……」とか、ベッドに横になって、ぶつぶつ、ひとりごとをつぶやくことが、多くなっていたんですよねえ。

もやもやあ、っとした感じで。

どろーん、って雰囲気で。

それで、ねえ。

忘れもしませんよ。

高校三年生の春ですかね。県の春季大会でインターハイ三位の選手にボロ負けしたあとですよ。二週間ぐらいあとだったかな、日曜日だったですね。

朝からデートに出かけたんですよ。宗介くん。

午前中はカラッと快晴だったんですけど、午後二時過ぎぐらいからですかね、どしゃ降りになってきちゃって。机の上の英語の教科書の脇で、ゴロンと転がったまま、宗介くん大丈夫かなあ、なんてぼんやり考えていたんですけどね。

そしたら、夕方四時すぎぐらいですかね、全身ずぶ濡れのまま部屋に入ってきて、ベッドの上にドターンって、なんか、タンスとか本棚とかが倒れるみたいな感じで、これはね、えっ、気でも失っちゃったの？　みたいな。ほんとに、気持ちというより……なんか、心ってものが、いま、抜けちゃった、みたいに見えまして、そりゃ、もう、びっくりですわ。

そのまま五分くらい……ですかねえ、ずっと突っ伏したまんまで。かなり長いような気もしたんですが、たぶん、それくらいのもんでしょう。そのあと、むくっと起き上がるとそのまま部屋を出て行きました。

まあ、親に言われて風呂に入ったみたいなんですが。

ベッドなんか、びしょ濡れです。

で、その晩ですよ。

いやあ、なんと言いますかね……。

机の引き出しから、がばっと便箋を取り出しまして。

えっ、そんなものあったんだ！　って感じですよ。私の記憶じゃ宗介くん、手紙なんか書いたことなかったですからねえ。いつもは携帯電話のメールですよ、メール。さすがに、そのへんは、いまどきの子ですからねえ。で、その、便箋を開いてから、机の上の私を、そっと、拾って、やさしく握ってくれまして、真っ白なページに向かって書いた、最初のひとことが、これですよ。

いままで、たくさん、たくさん、ありがとう。

あー、これは……って、一発でわかっちゃいましたよ。そのあとですね、おたがいに好きだとわかったときのこと、楽しかった交換日記の思い出、ひとりじゃないんだという勇気、いろんなものをM美さんからもらったんだって……なんと言いますか、ふだんはバカっぽい感じがある宗介くんなんですけど、このときばかりは、ひとつひとつ、ていねいに、彼女と過ごした日々の記憶を便箋に書きつけていくわけです。

歯を食いしばって。

泣きながら。

もう、震える手に握られて、便箋に思い出を刻んでゆく私だって、そりゃ、もう、涙が流せるものなら、どんなに流しただろうことか、という感じだったです。

宗介くんの手が震えているのか、自分が震えているのか、だんだん、わからなくなってきたもんです。

最後の言葉は、この通りです。

さようなら。

元気でいてください。いつかまた会えたなら挨拶します。

宗介

まあ、未練たっぷりな気もしますが、それはもう、しょうがないですよ。

私もね、苦しかったです。

宗介くんの胸の鼓動が、苦しさが、しっかりと握られた私にも響いてくるもんです。

でもね。

でも、どうしようもないんですよね。

私にできるのは、宗介くんの思いを一文字一文字、紙の上にしっかりと刻むことだけなんです。

なんて言いますか。青春のひとつの終わりというんですか。手紙を書き終えた時には、そんなさみしさを感じながら、私もね、ただ、ただ、茫然としていたんです。

そしたら、ふっ、と、体が軽く浮き上がる感じがして。

えっ、と思ったら、宗介くん、私を目の高さまで持ち上げて、両手で包むように握ってくれまして、じっと、じっと、こう、私を見つめてね、言うんですよ。

「お前も、ありがとう」

私、もう、びっくりしまして。固まってると、宗介くん、涙をぼろっぼろ、ぼろっぼろ、流しながら、私と初めて出会ったときのようにですね、鼻をぐしぐしさせて、こう、つづけたんです。

「ほんとうに、ほんとうに、ありがとう」

私、もう思い残すことないなって思いました。

このままゴミ箱に入れられても、引き出しの奥にしまわれて、もう出番がなくなっても、ええ、そりゃ、どんな未来が待っていようが、もう、ぜんぜん……最高だなって。

この世で最高に幸せなシャーペンだなって、私。そう、感じましたです。はい。

で、そのあとどうなったかというとですね……。

結局、宗介くんの大学受験まで、ご一緒させてもらいました。

えへへっ。

どーも。

いや、まあ、けっこう意外な感じではあったんですけど。

手になじむというか、もう、そういう道具として考えられてたのかもですね。

もしそうなら、光栄なことだと思います。

それで、受験の結果なんですがね。

二次試験の小論文とか、けっこうですね、一字一句、確信のある筆致で、これはもう受かるだろうと思っていたら、やっぱり合格だったですね。

あの、ですね。

やるときは、やる人なんですよ、宗介くん。


あ。M美さんの件はですね、なんか宗介くんが、高校の部活の友人に話してたのを鞄のなかで聞いたんですが、どうも、彼女に好きな人ができちゃったってことらしいですね。彼女の進学した高校の先輩で、そのときはもう大学生だったらしいんですが。でも、まあ、よくある話と言えば、よくある話で。私はべつにM美さんのことを、ひどいとも思いません。なにしろ、私を宗介くんに贈ってくれた恩人ですから。長い人生、そういうことだって、あるでしょう。

それも自然ってやつなんですよ、たぶん。

宗介くんには可哀想ですが。

で、宗介くんなんですが、大学合格と同時に本とか服とかいろんなものを捨てはじめてですね……いったい、なんでだか、私もよくわからないんですが、なんというか生まれ変わりたい、みたいな感じがあったんですかねえ。

もちろん、文房具もね。セルロイドの筆箱やら赤鉛筆、蛍光ペンに定規やら、いろんなものも捨てられてしまって。一緒に日々を過ごした私としては、ちょっと、つらいものがありましたけど。

宗介くんも、なんだか、必死になって、いろんなものを、いらない、いらない、これもいらないっていう感じでやってるんで、なんだかもう、仕方がないことなのかなって。

自分もいつ捨てられるんだろうって思ったんですが、ゴミ箱には入れられなかったですね。なぜか。

なんというか、がらーんとした部屋で春を迎えまして。

それで、実家を出るというその日にですね、ほんとに、行ってきますって言う、ちょっと前に、私を家の電話の横にあるメモ用紙の上にぽん、と置いて出て行きました。

それ以来、私は家の連絡係として、がんばることになったんです。

たまに宗介くんのお父さんがね「これ、もう芯がねえねっかや。かあちゃん、芯どこらや」とか、不機嫌になりながらも、芯を入れ替えたりしてね。

テストの時のような緊張感とか、なんだか遠い昔になっちゃいましてね、のんびりしてましたよ。

あれですよ、あれ。

余生っていうんですかね。

なんか、そんな感じで。

電話はね、玄関先の、下駄箱の上に置かれてまして。私、だいたいその脇で、いつも寝転がってました。

ドアのガラスの陽射しの移り変わり。

雀の鳴き声。

来客や宅配便、郵便局に訪問販売なんかの人たち。

不思議と退屈はしませんでしたね。

お父さんやお母さんが電話で話してるときなんか、たまに宗介くんの声が漏れて、聞こえたりしてね。そんなときは、うれしかったですね。

それで……二年くらいですかね。

そのまま、ぼんやり過ごしてたんですわ。毎日、毎日。

そうしたら、ですね。

宗介くんのいとこで、小学生の女の子がうちに遊びに来まして。春先でしたかね。電話のわきに置いてある私を見つけて、こう言うわけですよ。

「おばちゃん、これ、きれいなシャーペンだね」

えへへへ。

私も、ちょっとうれしくなっちゃって、ふだんより輝きも増したように感じたもんです。

そしたら、宗介くんのお母さんが言ったんです。

「よかったら、あげようか」って。

「えっ。ほんと。おばちゃん、これもらっていいの？」と、女の子。

「いいよ、いいよ。宗介が受験に使ったシャーペンだから、少しは御利益もあるかもよ」

その言葉のあとでお母さん、大爆笑してたのは、どういう意味があったのかよくわかんないですけど。まあ、悪い気はしなかったですね。


そんなわけで、私は今日から、この筆箱のみなさんと一緒に、チカコさんという新しいご主人のもと、ケツをノックされても芯が出なくなるその日まで、ですね、がんばっていきたいと思っているんです。

えー……。
まあ、こんな感じで、自己紹介は終わりです。

あ。どうも。
どうも、ありがとうございます。はい。

これからみなさん、どうか、よろしく。
よろしくお願いしますね。

なんて感じで、挨拶は終わりなんですが……。
なんか、いま、お部屋のドアが開いたようで。
おやおや、チカコさん。机に向かって、これからお勉強ですか。
おっ、握られちゃった。

それじゃ、みなさん、ちょっと行ってきます。
行ってきますよ！

7

七月　最終土曜日　午後

文芸部室の宇喜夫と宗介

宇喜夫は目を覚ました。

朝方、ローテーブルの脇で横になって、そのまま眠ってしまったらしい。壁の時計を見ると、もう正午になろうとしていた。開けっ放しの窓からは猛烈に乾いた熱気と蝉の絶叫が侵入し、室内を満たす。逃げ場はない。背中も、髪も、汗でびっしょり濡れている。

宇喜夫はその場でTシャツもトランクスも脱ぎ、裸になってユニットバスに入り、頭から水を浴びる。

うわ。つめてえ。

髪の毛を両手でつかみ、がしがしと洗う。冷たい水が体の表面を滑り、体にまとわりついた熱を、引き剥がすように落としてゆく。

なんだか今日は、疲れる一日になりそうだ。宇喜夫は、そう思いながらシャワーを止め、ユニットバスを出ると、裸のまま部屋をうろうろし、これ、まだ使ってなかったな、というトランクスをベッドの脇の衣類の山から掘り出して穿いた。

ちょっと、なにか食っていこうか。

宇喜夫はパンツ一丁で小さなキッチンに立ち、ステンレスの片手鍋に水を入れ、湯を沸かしはじめる。冷蔵庫の野菜室から、もう五センチほどの長さしか残っていない、ほとんどしなびているような長ネギを取り出して、薄いプラスチックのまな板の上でザクザクと刻み、マグカップのなかに入れた。お湯が沸騰したら味噌ラーメンの袋をバリッと破き、かちかちのインスタント麺を投入。粉末スープの素は、そのままさっきのマグカップのなかに入れてしまう。次に流し台にステンレスのザルを置き、麺が茹であがると同時に、そこにドバッとあけ、湯気がもうもうと立ち込めるなか、流水でザッ、ザッ、と冷やす。その冷えた麺をラーメンのドンブリに入れたら、マグカップとともに部屋に持っていき、ローテーブルの上に置く。電気ポットのお湯をマグカップに注げば、かんたんな、つけ麺の出来上がりだ。

ふつうの調理より何倍も濃厚な香りが漂う、マグカップの塩辛いスープに、冷えた麺をドボンと漬け、ズズッとすする。

うわ。うめえ。

さっぱりした味わいの縮れた麺に、強い味付けのスープが絡む。

絶妙だな。

もぐもぐと咀嚼《そしゃく》し、もう、ひとくち。ズズズッ。

なんかもう、幸せって、こういうことでいいんじゃないのかな?

なんて、宇喜夫は、うっかり、高尚なのか安いのかよくわからない感想まで抱いてしまった。

とりあえず、これを食べたら、出かけよう。

ズズズッ。


大学西門への上り坂は、灼熱の陽射しで、強烈に輝いていた。

歩道に連なる広葉樹の影は黒々とした安全地帯のようで、ポロシャツにジーンズ姿の宇喜夫はそこを、足元を見ながらぼんやりと歩いている。影の向こうに広がる道路や町並みはまぶしすぎて、顔が上げられない。気温は三十度を超えているだろう。肩から斜めに掛けたショルダーバッグと腰の間にも、熱が溜まってゆくような気がする。

そういえば西門の近くに自動販売機があったっけ……。

宇喜夫は、そこでどんな飲み物を買おうかと、考えながら歩を進める。とりあえず、いまはそれだけで頭のなかがいっぱいだ。

ここは普通にコーラか、それとも癖のないサイダー的な炭酸かな、それとも……そこで宇喜夫は、通りの途中の小さな書店の入り口に貼られた、あるアイドルの写真集の告知ポスターに気づいた。最近、宇喜夫はそのアイドルに注目していて出演するテレビ番組もチェックしていたりするのだが、ポスターに視線を落としても、どうしたことか、今日はあまり胸がときめかない。

路上の熱気で、渇いた喉を潤すことしか考えられないからなのか。

それともこれから花園先輩に会うからなのか。

宇喜夫には、よくわからなかった。

ブーッ、ガタン。

腰をかがめて自動販売機からコーラの缶を取り出し、歩きながらプシュッ、とプルタブを開け、飲みながら西門をくぐる。比較的樹木が多い大学構内も、暑さはまったく変わらない。もうポロシャツは汗でじわじわ湿っている。

なんか、とんでもない午後になりそうだなあ。

宇喜夫は日陰を選びながら歩いて、第二部室棟にたどりついた。大学の隅にあるこの建物はプレハブ造りの二階建てで、そこに八つの文化系サークルが入っている。見た目はどこかの大規模な工事現場の作業事務所のようで、エアコンもなにもない、断熱材もへったくれもない急ごしらえの建物で「もちろん建て替えは検討してますよ」という大学当局の返答は、干支《えと》がひとまわりする間、使われてきたという噂もある。

外側に取り付けられた赤錆の浮いた階段を上り、宇喜夫が棟内に入ると、気分はもう、オーブンのなか。むん、とした熱気が淀んでいて、まるで予熱の準備は万端といった感じ。うーん。

思わず廊下の端で宇喜夫は立ち止まってしまった。「学生の蒸し焼き」とか、洒落にならない事態が起きなきゃいいけど。そう思いながらコーラを左手に持ち替え、ひとくち飲むと、右手で腰のバッグを探り、いちおう持ってきたタオルを取り出した。そして、そのまま二階入り口から一番近い場所にある、文芸部室の引き戸を開け、なかへ入った。

うおっ！

宇喜夫が、びくっ、と驚いたのは、宗介が三つ繋げたパイプ椅子のその上で、大きな口を開けたまま仰向けに倒れていたからである。両手を胸の前で組み、まるでミイラのような姿勢。汗のにじんだ苦しげな表情。その目はしっかり閉じたままだ。

部室の内部もまた、淀んだ熱気で塞がれている。

本棚の上に置かれた小型ラジオ――前世紀から部室に置かれているらしい――からは小さな音で最近のヒット曲が流れている。

宇喜夫は、まさか、こいつ死んでないよな、と思いながらゆっくり近づくと、タオルを自分の首にかけ、右手を広げて宗介の顔のあたりを往復させた。

なんだ、生きてんのか。

呼吸を確認した宇喜夫は、なぜかちょっと残念な気分になりつつ、入り口の引き戸を開けっぱなしにしたまま、大きな机の反対側にまわり、音を立てないようゆっくり椅子を引いて腰かけた。バッグから春遅くに出た大手出版社の文芸誌を取り出し、なかばガラクタ置き場と化したような卓上の一角に置く。そこで卓上の扇風機が回っていることと、宗介の前にPCが置かれていることに気がついた。

珍しい。こいつなにか書いていたのか。宇喜夫がそう思った瞬間、

ぐおっ！

まるで返事をするかのように、宗介が大きないびきをしたので、宇喜夫はふたたび、驚いた。

なんていうか、こいつもまた、この文芸部の「伝説」になりそうな雰囲気はあるんだよなあ、と宇喜夫は思い、入り口の上に貼られたA3のコピー用紙を見上げた。いまではもう黄色く変色してしまったその紙には毛筆で、でかでかと、こう書かれている。

物語はいつも
　　僕たちの隣に。

それは「伝説」の先輩のひとりが卒業時に残していったものだ。
この大学の文芸部には、昭和から最近まで、卒業してなお語り継がれる「伝説」と呼ばれるOBが、何人かいるのだ。

「博士」と呼ばれる伝説の先輩は昭和の学生で、その本名を覚えている人はもう誰もいないので、ある意味本当の伝説になってしまっているのだが、経済学部の学生であるにもかかわらず化学関係の知識が院生級だったらしく、文学以外の趣味として、家庭用洗剤で作った様々な爆弾を大学近くの浜辺で爆発させ、カメラで記録して楽しんでいたのだという。本人いわく「無害な危険人物」と笑顔で自称していたらしいが、どう考えても洒落になっていない。ところがある日、これを釣りに来た後輩の部員に見られてしまい、内緒だぜ、と釘を刺したものの、刺された部員はその釘がしっかり固定されるほど固いメンタルを持っていなかったため「うちの先輩すげえよ」と、こともあろうに理学部で言いふらしてしまい「おのれ経済学部のくせに」という嫉妬心もあったのかなかったのか、とにかく大問題になってしまったらしい。ちなみに「博士」は夏でも黒いタートルネックを着てアレン・ギンズバーグの詩集を常に小脇に抱えていたそうで、これは青山先輩が、たぶん、そのまねをしているのだろう。ビートニクスというやつだ。もちろん部室には過去の部誌である『蜻蛉《とんぼ》』が全部そろっているのでそのどれかには「博士」の書いた作品も載っているのだろうが、名前がわからない以上、誰が誰やらという状態で、「博士」に自分と似たような、なにかを感じているらしい青山先輩いわく「どうもこの人か、それとも、この人じゃないか」という感じで何人かには絞られるそうなのだが、決定打がないのだそうだ。あと、噂によればこの「博士」は卒業後、化学系の会社に就職し、海外で巨大プラントの開発に携わっているらしい。

「梢《こずえ》先輩」と呼ばれる伝説の先輩は、こんな名前だが男性である。一般的に考えて女性に付けられるはずの名前が男性に付けられてしまったことが理由かどうかわからないが、小学校の低学年の間は、いじめられて過ごし、高学年からグレはじめたらしい。中学校入学と同時に要注意人物的な扱いを受け、ケンカに明け暮れた末、暴走族に入ったのは二年生の夏のこと。夜な夜な爆音を轟かせて地元の街を疾走していたのだが、あんまりうるさかったのだろう、中三の夏に住民の誰かが道に張ったビニール紐に引っ掛かって転倒。八時間を超える大手術の末に、この世に踏みとどまったのだそうだ。ちなみに犯人は捕まらなかった。

梢先輩は、見舞いに来た中学校の担任が涙を流して生還を喜んでくれたことと、その先生が入院期間中に持ってきた村上春樹の『風の歌を聴け』と村上龍の『コインロッカー・ベイビーズ』を読んで、小説ってこんなに面白いものなんだ、なんて、いたく感動してしまい、その拍子に心のなかの回路が、爆音とスピードによるカタルシスから文学方向に大きく切り換わったため、暴走族をすったもんだの末、卒業。ただし、金髪だけは卒業時までツッパって、守り通したのだそうだ。もともと地頭は良かったらしく、地元でも一二を争う進学校に進んで、そのときに髪の毛を短く刈って黒く戻すという「高校逆デビュー」を飾ったあと、とにかく文学を読みまくる高校時代を過ごしてから、この大学の人文学部に入学。入学式があったその日に文芸部を訪ねて入部し、後々には部長も務めたという人物で、部誌の『蜻蛉』に残された作品を読む限り、その作風はなぜか太宰っぽい。こんな書き出しの小説もあった。

『神様。ああ神様。もし、あなたが本当にこの世にいらっしゃるのなら、私の声に耳を傾けていただきたいのです。もちろんどんな神様でもかまいません。一人息子を人類に捧げた父なる神でも、砂漠を駆ける絶対神でも、脇の下から生まれた人ならぬお人でも、いえいえ、路傍の石くれに宿った名もなき神でも、どなたでもよいのです。肌の色も言葉も教義も、関係ありません。どんな教えにも頭を垂れたことのない私ですが、この話をお聞きいただき、なにがしかのお答えをいただけたなら、即座に足元にひれ伏すつもりでいるのです。この夏の終わりの浜辺、鉛色に曇る空の下、雑草生い茂る原っぱと砂浜の間で、どうどうと押し寄せる波のうなり声に肩を揺さぶられながら、私は膝を折り、手を合わせ、泣いてしまうかもしれません。いや、たぶん私は、泣いてしまいたいのだろうと思うのです。』

さて実は、この梢先輩の「伝説」は、このような波瀾万丈の略歴ではなく、夏の夜のコンパの帰りに誕生したものである。蒸し暑い夜の飲み会で文学談義に花を咲かせたあと、梢先輩と文芸部の友人は大学の海側に広がる、アパート街につづく道をのんびり歩いていた。あとは部屋に戻って寝るだけ、といった感じのゆるい歩調。熱で火照った体を冷やすべく、ふたりとも途中のコンビニでアイスキャンディーを買い、食べながらの帰り道である。すると、梢先輩いわく、昔なつかしいバイクの集団の爆音が後ろから轟いてきて、振り向いた先輩の顔をライトが照らすと、彼らはいきなりスピードを落とし、ふたりを囲むように止まったという。その数、七台。一緒に歩いていた友人は、ただではすまない、と感じたらしく

「足なんか、もう、がくがくよ」ということだったのだが、梢先輩は、非常に落ち着いていて、なんというか、どうも集団の頭らしき人物とは知り合いで、因縁がいろいろあったらしい。で、そのリーダー格の男がバイクを降り、梢先輩の顔にその顔をグイッと近づけ、睨みつけると「金貸してくれよ」みたいなことを唐突に切り出した。ありていに言えばカツアゲである。昔の顔見知りで、いまは「大学生の無害なぼんぼん」を笑いものにすることで、格の違いをいまここにいる連中にはっきりさせておこう、みたいな意図があったのかもしれないが、そこでいきなり梢先輩はそいつの顔をビンタした。文芸部の友人は、目の玉が飛び出そうなほど驚いたのだが、頭に血が上ったリーダー格の男がバタフライナイフを取り出す一方で、梢先輩が、さっと構えたのは、さっきまで「これうまいわー」と言ってぺろぺろ舐めていたアイスキャンディーの棒であって、つまり、細くて薄っぺらな木の板である。「あかん、あかんよ！」と友人は思ったのだが、さらにとんでもないことに、電光石火の身のこなしで梢先輩は、そのアイスの棒をそいつの鼻の奥にぶすり、と捻じ込んだのである。その男が、ううーっと唸り、鼻血を流しながらうずくまると、暴走族連中がいま目の前でなにが起こったのかよく理解できていないうちに、梢先輩は「走れ！」と叫び、その合図で、ふたり、アパート街の細い路地へと飛び込み、家と家の隙間やどこかの家の庭を駆けるなどして逃げきったのだそうだ。「あれはねえ、ああいうのをねえ、武勇伝って言うんだろうなあ」

と語ったその友人は、実は宇喜夫が一年生のときに英語を習った講師である。ちなみにいま、梢先輩は商社勤務でシンガポールにいるとのことで、なんでも二年に一度はその友人に小説を書いて送ってくるそうだ。今度読ませてくださいよ、と宇喜夫は講師に会うたびに言っていたのだが、だいたい常に「本人に許可取ってないからまた今度ね」という返事で、しかも翌年には准教授になって別の大学に行ってしまったため、梢先輩の新作は読めないままになっている。

「アキラさん」は、花園先輩の同期にあたる。別名インテリヤクザとか呼ばれていた人で、学内をオールバックにサングラスの格好で歩き回り、だいたいの場合、いかにも高価に見えるブランドものの服を着ていた。しかも、なかなかの美男子である。法学部の授業のないときにはたくさんの一、二年生が溜まり場にしている学生談話室に置かれた、中身のクッションが飛び出しているようなおんぼろソファーで四六時中過ごしていたのだが、その周囲にはファンの女子学生と、お金を貸してほしいんだけど、という貧乏学生が常に群れをなしていた。この先輩、実は高校生の時分に株の運用でひとやま当ててしまい「俺、もう、あんまり働かなくていいんだよね」というのが口癖で、友人相手に低利の金貸しもやっていたのである。宇喜夫が彼の部屋に遊びに行ったときには、それが、この都市の商業地の中心部にあるマンションで、かなり上の階のとてつもなく広い部屋だったことに仰天したのだが「ウッキーもさ、なんか困ったことがあったら気軽に言ってよ」というセリフとともに、ドン・ペリニヨンのロゼが出てきたのには、さらに驚いた。料理はどこかのフレンチレストランに発注したオードブルメニューである。そして飲みはじめて一時間後くらいに、派遣コンパニオンの女性たちまでやってきて、なんだか頭脳は判断停止状態。色っぽいお姉さんと盃を交わしながら「うーん、きっと竜宮城って、こういうところなんだろうな」なんて感想を持つのが精いっぱいで「いつも、こういう仕事とか多いんですか」なんて、お姉さんに訊けば「自宅の派遣は、ふつうないですよね。まあ、そこは、アキラさんなんで」とか言い出すので、この時点で宇喜夫は、ほぼ目を開けたまま気絶しているような状態となり、そのあとのことは、あまりよく覚えていない。

花園先輩はそんな同期の仲間に対して「アキラくんは、なんかいつも、つまんなそうな顔をしてるねえ」と言って、アキラさんを見るたびに、後ろから近づいていきなり両手で目隠しをしたり、頭にチョップをしたり、お尻にハイキックをしたりしていたのだが、アキラさんはアキラさんで花園先輩について「いいもの書くよな。重さはないけど」と、かなり評価していて、敬意みたいなものを抱いていたらしい。ちなみに、部誌を見る限り、アキラさんは、その暮らしっぷりと書く物のギャップがすごく、だいたいが、飲んだくれの父親と、やさしい母親と、ピュアな心を持つ幼い子どもの貧乏話ばっかりである。

『最初の記憶は、僕をおんぶする母親の背中と、全身で感じる、そのぬくもりでした。どんな人間にとっても、これ以上のふるさとはないのだと思います。』

こんな一文が、あんな暮らしぶりから出てくるのは、実に奇怪である。

ただ、アキラさんは、大学四年のある日、酔っぱらったまま操作した取引で、大惨事を引き起こしてしまい、その穴埋めをすべく勝負に出て、さらに負け、卒業前にマンションを手放して、自身の財産を、あらかた清算してしまうことになった。

「たいへんだったですね」という宇喜夫の言葉に、

「まあ、これでみんなと同じスタート地点に立てたって感じかな」なんて、どう捉えたらいいのかよくわからない言葉が返ってきて、そのあとどんな会話をしたのか、これもまた宇喜夫はよく覚えていない。

アキラさんは、その後、なんと故郷の市役所に入り、いまは公務員になっている。

そして「物語はいつも僕たちの隣に。」の書を部室に残して卒業したのが、十年ほど前に部長を務めていた人文学部の「郷田《ごうだ》トオル先輩」である。この人がなぜ伝説と呼ばれているのかといえば、話は簡単、在学中に文学新人賞を獲って作家デビューしたからだ。この都市からは、実に三十年ぶりのことだったらしい。『赤い街』という作品がそれで、大規模なテロに遭遇した主人公が、爆弾で破壊された街を横断して、恋人の女性の死体をアパートまで運ぶという内容だった。夕陽に染まる廃墟の街をはじめ幻想的で美しい描写や、この世の者かどうか判断しかねる登場人物たちと交わす、現実を照射するかのような会話が評価されて受賞ということになったのだそうだ。実際、宇喜夫も入学後に読んだのだが、簡潔で読みやすい文体や、最小限の描写で脳裏に浮かぶイメージなど、まず、このひとうまいなあ、と思い、読了後は——最終的に彼女の死体は野犬に食べられてしまうというのもあって——世界のすべてを拒絶し、呪うような展開に、なんか、すごいもの読んじゃったなあ、と衝撃を受けたのである。

花園先輩は大学一年のときに、郷田先輩に飲み会で会ったことがあるそうで「なんていうかねえ、隅っこで、なにを話しかけても、小さな声で、もそもそって、感じで、あんまり会話にならなかったのよねえ」ということだったらしい。たぶん、いろいろ悩んでいたのかもなあと思うのだが……と、いうのも、この先輩、受賞後の作品が、ついに出版されなかったのだ。ただ単に書けなかったのか、それとも水準に達しなかったのか、あるいは発表を拒絶したのか、理由は、よくわからない。それで郷田先輩は卒業後、地元の大手広告会社に就職。それなりに元気に活躍していたが、『文芸部創部四十周年記念誌』に、ひさしぶりの小説

『ぼんやり日記』を寄稿した三年後、踏切事故で死んでしまったのである。なんでも渋滞中の道路で、前の車が動くだろうと思って社用車を踏切に進入させたところ、動きかけた前の自動車がふたたび停まり、バックして戻ろうにも後ろの車は後ろの車で、間合いを詰めてしまったため、逃げ場が無くなってしまったのだ。

「そんな事情は事情としてわかるけど、この作品読むと、なんか、自殺じゃないの？　って感じも、なんとなく、するのよねえ……」というのは、宇喜夫や宗介と同世代の文芸部員である、望海《のぞみ》ちゃんの『ぼんやり日記』に対する感想である。「死ぬべくして死んだというか……」なんて、あっさりおっかないことを言う彼女は、もっぱら剣や魔法やモンスターが登場するファンタジー小説を書いているのだけれど、そのわりに、ものの見方はどこかリアルで、ドライである。もしかして、ものすごいリアリストだから、ああいうものを書くのか？　という気もするのだが、それは、まあ、ここで考えることではない。

さて、この郷田先輩、在学中の部誌には何回か「巻頭言」を寄せているのだが、そのなかに、こんなものがある。

言葉は　水
物語は　波紋

響きあい　伝えあい
幾重にも重なって
うつろいやまぬ水面こそ
この世界

この巻頭言を初めて読んだ宗介がぽつりとつぶやいたのがこんな言葉だった。

「たしかにみんな、『神様』っていうよりは『神様の物語』を崇《あが》めているのかもしれないよな」

そのとき、宇喜夫はその場にいた。しかし、宗介の思考がどこをどうジャンプしてそんなところに着地したのか、皆目見当がつかなかった。でも、それは、一面で真実のようにも思え、こいつ、ただ者じゃないな、と思ったのだった。

それ以来、宇喜夫は奇矯な行動をとる宗介を小馬鹿にしつつも、なんか、俺と違って、すごいやつなんだろうな、とも感じるようになった。

宇喜夫の親はふたりとも地元の役所に勤める公務員で、妹もいるが、特に家庭に問題はなく、我ながら平凡な人生を歩んでここまで来たなあ、という自覚がある。みんなと同じ漫画を読み、みんなと同じゲームで遊び、仲間と一緒にサッカーをし、話題の小説にドキドキし、最新のヒット曲をああだこうだと話しあい、みんなと似たような悩みを抱え、なんとなく、ここまで来た。そんな感じの人生だ。もちろん、漫画やアニメやゲーム、小説を読んで感動する体験はまちがいなく自分自身のものだし、誰の体験とも異なっている。悩みだって、そうだ。その時は、生きるか死ぬかのような気分でのたうち回っている。その最中は、間違いなく、他の誰のものでもない、自分自身の問題だ。でも、どんなかたちであれ、ひと区切りつき、終わってしまうと、なんだかどれも、ありきたりなものに見えてしまう。こんなの、けっこう、テレビで見たよな、という感じ。「普通」にどっぷり、浸かって生きてきたから、なにが「普通」か、どんなことが「普通」か、よくわかる人間になってしまったのだと、宇喜夫は自分のことをそう考えている。宇喜夫が、なにか教養らしきものを身につけたいと考えて、この部活の門を叩いたのは、そんなものでも身につければ、他人とは違った「なにか」になれるかもしれないという淡い期待があったからかもしれない。しかし、入ってみたら入ってみたで、花園先輩やアキラさんや、目の前の野生児っぽい男や、伝説のOBなど、なんだか自らの「普通っぽさ」が際立ってしまうのだ。ひょっとすると「文学青年養成所」のような花園先輩の体育会的しごきに耐えつづけ、日々腕を磨いてこれたのは、彼女への憧れのような感情と同時に、そんなコンプレックスが根底にあったからなのかもしれない。

さて、そんなことを考えながら、宇喜夫は入り口の上に貼られた「物語はいつも僕たちの隣に。」と書かれた紙を、ぼんやり、眺めている。不思議なことに宇喜夫は、この文章を初めて見たとき、なぜか、かすかに、哀しみのような感情が、ふと、湧いたことを覚えている。なんというか、一見、文芸部の学生にとって前向きな文章のようにも見えるけれど、キラキラ輝く太陽のようにポジティブな感情だけで出来ている言葉ではないと、なんとなく感じたのだ。スポイトで、ほんの一滴、影が垂らされているような。ほんとにわずかなんだけれど、どうしても目が行ってしまうというか。

もちろん、それは、そういう風に見える自分自身に、なにか理由があるんだろうな、とも思うのだけれど。

宇喜夫はコーラをひとくち飲んで缶を置き、額にじわりとにじんできた汗をタオルで拭くと、ゆっくり立ち上がった。そのまま窓側を、音を立てないよう静かに歩き、かすかに寝息を立てている宗介の背後に回り込むと、壁に並んだ本棚から、けっこう分厚いハードカバーの『文芸部創部四十周年記念誌』を取り出した。

ひさしぶりに、郷田先輩の最後の作品を読んでみようと思ったのだ。

それに、花園先輩のことである、午後に来ると言っても、何時になるのかわからない。

それまで少し、文芸部に残されたいろんな作品を、また読んでみようかな。

宇喜夫は席に戻り、目次を眺めてページを開く。

『ぼんやり日記』

あらためて見ると、なんというか、ヘンテコというか、なげやりというか、こんな奇妙な題名を、よくつけたものだ。

宇喜夫はそう思いながら、ページをめくった。

8　ぼんやり日記

○月×日

今日は異様に目覚めが良かった。朝六時。窓から強烈な朝日が差し込んできていて、目覚ましが鳴る前に起床する。自然の光で目を覚ますというのはひさしぶりのことで気分がいい。ベッドから起き上がり、腰に手をあてて伸びをし、そのまま二階の自室の窓を開けると、隣家の屋根の上で、この辺ではあまり見たことのない鳥がこちらを見ていた。一瞬、目と目があったあと、鳥は首をゆっくりと振りながら、視線をそらした。

あまりしげしげと眺めて気を悪くされても困るので、自分も早々に目を離して部屋を出た。降りそそぐ朝の光でいっぱいの階段を下りると、まるまると太った、ピンクのタオル地の、巨大なクマのぬいぐるみが台所に立って味噌汁の味見をしているのが見えた。

こんげもんら

こんげもんら

と呪文のようにひとりごとを繰り返し、体全体を揺するようにして、むりやり頭を動かし、うなずいている。母である。口許《くちもと》の布地には味見した味噌汁が染みこんでいるにちがいない。毎朝たいへんである。その背後の廊下を通って茶の間に行くと、大きな座卓の向こうにくしゃくしゃになった毛布がへなり、と置かれていて、こちらのほうにぐるり、とゆっくり身をよじってこう言った。

きょうわはえんの

父である。まあ、二人とも、もう老齢の域に達しているから、このような容姿になるのは仕方がないことだ。父は、朝も早いのに、もう庭木のスケッチをはじめていて、僕にひと声かけると作業に戻った。

テレビでは大雨による洪水で水没した京都の風景が大写しになっていた。茶色の汚水の上に古都がまるごと浮かんでいるような有様で、なんでも水没した車両からは死体が次々と発見されているようだ。

地域が違えば天気も違うのは当たり前だが、向こうとこちらが同じ世界であるという実感がなかなか持てない映像だった。実は、本当に、向こうとこちらは違う世界であって、時々、こちらのテレビ画面で、うっかり、向こうの世界の出来事を流してしまう「放送事故」が起きているのではないかと思うことがある。

出社をすると、やはり社内は京都の洪水の話で持ちきりで、あの死体の数はすごいとエレベーターの中でも興奮気味の声が聞こえてきた。

自分がディレクターを務める広告制作チームがある九階で降り、廊下を歩いていると後輩でグラフィックデザイナーの難波が「上は大雨、下は大火事！」とすれ違い様、大声を上げた。無精ひげの具合から考えるとオフィスで徹夜をしたらしい。少し頭がおかしくなっているのだ。

その日は社内でも、取引先の打ち合わせでも、水浸しの京都の話ばかりで、みんな死体の数の話はするが、誰ひとり、文化財の心配をする人と出会わなかったのは面白かった。

うちの母に言わせれば、こんげもんら、ということなのだろう。

○月×日

今日の夕方、内装が全部白で統一されている病室のようなオフィスを出てトイレに入ったら、つきあたりの窓から見た空が、まさに「紅蓮《ぐれん》」という感じの赤に染まっていた。紫と黒の雲が幾重にも渦を巻いていて、てっきりこれは、自分が「のむらや」の新聞全面広告（全十五段）の企画を考えているうちに、空からなにか、たとえば核爆弾とか落ちてきたのではないかと、一瞬、思った。こんなものの下で、どうしてみんな、普通に暮らせるんだろうつてくらい、終末感たっぷりの空だった。

で、なんとなく、小学校にあった「佐藤くん伝説」のことを思い出した。

伝説の発端は一九七〇年代。当時は中国で盛んに核兵器の実験が行われていた時代で、「水爆実験のあった日に雨が降ったら、その雨には放射能が含まれている。だから、雨にあたったやつは頭が禿《は》げる」という噂があった。実際に、実験が行われたある日、昼から雨になり、傘を忘れた四年生の佐藤くんが、下校の途中、学校近くの十字路を「禿げるのやだよー」と笑いながら全力疾走で走ったところ、あっという間に、ダンプに轢《ひ》かれて死んだのだそうだ。

それ以来、下校時に雨が降り、傘を忘れた生徒が走ってその十字路に近づくと、全身血だらけの佐藤くんが駆け足で現れ「競争しようよ！」と話しかけてくる——という伝説が、その小学校では語り継がれていたのだ。

この場合、佐藤くんも、ヒロシマやナガサキと同じ、核の被害者になるのだろうか、と考えながら、夕陽で真っ赤に染まったトイレで用を足し、また難しい企画を考えるためにオフィスへ戻った。

○月×日

「のむらや」の部長との打ち合わせを終え、午後三時に社に戻ると、机の上で風船のように大きな頭と四本の長い触手を持つ、いわゆる火星人（身長約四センチ）が五人ほど折り重なって倒れていた。

これはなに？　と派遣事務の渡辺女史に尋ねると、去年、村史をマンガにして地域の子どもたちに配る企画でお世話になった、清谷村役場生涯学習課の担当、筑波氏がオフィスを訪れ、新たな郷土の名物として創った「火星人グミ」を『お試しください（笑）』と言って置いていったのだそうだ。

村にある、プラネタリウムで有名な「星の博物館」の土産品にするらしい。

さっそくビニール包装から一体取り出し、頭を持ってぷるぷる振ったり、両手で足を持って踊らせたり、足と足を結んでみたり、ひとしきり遊んだあとで口に入れた。

なんと塩味だった。

名物にうまいものなし。

○月×日
昨日は十一時に家に戻り、茶の間の座卓に置かれた冷たいご飯を食べて風呂に入り、ちくしょう疲れたもう寝るという感じで布団の上に倒れこみ、深い眠りに落ちようとしたその瞬間、隣室から、ゴゴゴーという、新幹線の高架の真下で車両の通過を聞くような轟音が聞こえてきて眠気が覚めた。
妹のいびき。
こんなにひどいのは初めてだ。
今朝、父に「あいつ最近、専門学校ちゃんと行ってんの」と訊くと毛布の父はクシャッと縮まったあとで、
どおなんらろの
と答え、なにかがほどけたようにだらりと広がった。
通勤電車の中で思い出したが、そういえば以前、母から、妹はずっと部屋にいる、と話を聞いたことがあるような気がする。自分自身、出勤も帰りも不規則な毎日なので、隣の部屋にいる妹の顔は、けっこう長いこと見ていない。そもそもあいつは、休日もずっと部屋にこもっていることが多い。最近は食事にしても、ぬいぐるみの母がよろよろとお盆に乗せて部屋に持っていき、そのあとで、よろよろとまた階段を下りてゆくのをよく見る。とここまで書いて思ったのだが、あいつは「ひきこもり」だったのか。

○月×日

今年入社した女性のコピーライターが、

「絶句というのは死ぬ前に詠む俳句のことですよね」

と言っていたらしい。

○月×日
どうもユカリの元気がない。

どこがどうとは言えないのだが、長い間一緒にいるからこそ、感じるものがある。

ユカリに関しては「感じる」ということが最も大切なことなのだ。

どうしたものか、しばらく様子を見ることにする。

○月×日
「のむらや」の広告、なんとかOKが出た。来週の月曜日にデータ入稿して終了となる。

地元で有名な居酒屋チェーン店の広告を今回、手がけたわけだが、ひさしぶりに手応えを感じられるものになった。特に、燃やしてもかまわない中古の自動車（ワゴンタイプ）を見つけてきたデザイナーの檜山さんの執念と、消防署の許可取りに奔走した営業の中村さんの努力には頭が下がる。

ただ、手応えを感じると言っても二十年前の先輩が作ったコピー、

『のむなら、のむらや
のむのむ、のむらや』

にはまだまだ勝てる気がしない。どう考えても酔っぱらいがテキトーに作ったとしか思えないこのフレーズを、いまだに地域の子どもたちが、あのメロディーに乗せて、早口言葉の練習さながら、下校時に歌ったりしているのだ（そういえば朝の登校時にはあまり聞かない）。

道はまだ遠い。

○月×日

日比谷から明日飲みに行かないかとメールが来ていた。

仕事上のタイミングとしても、まあ、いい感じだし、最近二度ほど誘いを断っているので、行くことにする。

なんとなく、また鳥の話になるのかなという気もする。あいつはなにがそんなに不安なのか、わからないが。

○月×日

物語は「学び」から始まる。

赤ん坊は発語が容易な「マンマ」という声を出すたびに空腹を満たす食事を口元に運んでもらえることに気づき、「マンマ」と言えば要求を満たされるという「ルール」を学ぶ。赤ん坊にとって「マンマ」は「食料」を呼びだす魔法の杖であり、それを振ることで生きてゆくという「物語」を発見するのだ。そして次の物語を学ぶまで、とりあえずは、その物語を生きる。

母親は母親で赤ん坊に「マンマ」と呼ばれたことで、これで自分も我が子に「ママ」と呼ばれるようになったんだと感動し、過去何十億人も体験してきたママの「物語」の新たな一員となる。

僕たちは物語を学び、自らの人生をそれに当てはめ、物語を生きる。

その物語の名は「日常」だ。

それはたいてい、きゅうくつで、単調で、絶望的なものだ。

そして、自分が人間である以上、そこからは誰も逃げ出すことはできない。

だからその物語は、様々な手段で「活性化」されなきゃいけない。

たとえばリアルな物語から、なるべく遠い「またべつの物語」で。

あるいは、きゅうくつで、単調で、絶望的な物語のなかに、きらりと輝く何かがあると気づかせる「視点」の導入によって。

それはつまり、いままで見ていた世界が、どこもなにも変わっていないのに、まったく違って見えるようになってしまうこと。

いままで生きてきた人生が、どこもなにも変わっていないのに、生まれ変わった第一歩を踏みだせるようになること。

○月×日
酔っぱらって書いた日記は、読み直すべきではない。

つくづくだ。

○月×日
会議の最中、ホワイトボードを使って、縦軸を「こだわり―マスプロダクト」、横軸を「イベント性―日常性」とした地元飲食店業界のポジショニングマップを作成しようとした時のこと。ボードに貼れるメモ帳サイズの「ポストイット」がその場に無く、デスクまで取りに行こうとしたら、グラフィックデザイナーの難波が「持ってますよ」とジャケットのポケットから、ごっそり束を出してきた。

準備いいじゃん、とほめると「ふだんも使ってますんで」と言うので、どういうことか尋ねたらこう言った。

「スーパーとかで、障害者用の駐車スペースに停めてる、普通の自動車《クルマ》が、よくあるじゃないですか。そんなのを見つけると、これに『ジャマだボケ』とか書いて、フロントグラスに貼っておくんですわ」

○月×日

帰宅後も深夜二時近くまでネットを使い、仕事の下調べをしていた。喉が渇いたので階段を下り、台所の冷蔵庫から氷を出してグラスに入れ、もう少しで寝るから、とバーボンを注いでいると、背後の階段からギシギシ音が聞こえてきたので振り向けば、巨大な豚バラのブロック肉と目が合った。

ひとみか？　と思い、僕が一瞬ひるむと、こっちの驚きなどぜんぜん気づいたそぶりも見せずに、

「よ、」と言って片手を軽く上げ、そのままトイレの方向へ、重く、油の切れかけた振り子のように、ゆっくり体を左右に振りながら、ノシノシ歩いていった。

妹である。なんということだ。僕が知っている妹のひとみは、もっとスラリとしていて、ちょっと自慢の器量良しだったのに。

なんということだ。

なんということだ。と、これも含めて三度も書いてしまった。それくらい驚いたというか、ちょっと怖かったので「お前、それどうしたんだ」とか訊けばよかったんだろうが、ことさら騒ぐのもやっぱり怖かったので、とりあえずそのまま二階の部屋に戻ってバーボンを一気に飲み干した。

たった、いま。

もうパソコンを消しベッドにもぐることにする。

ドアの向こうをギシギシと、肉の塊が通る音がする。

なんということだ。

○月×日
昨日のショックがまだ抜けない。

そのせいだろうか、やはり、ユカリにも元気がないように見える。
どことなく、なのだが。

○月×日

今日、キーボードを打ち間違えてロサンゼルスを「りさんぜるす」と打ってしまい、うっかりそのまま変換キーを押したら「離散是留守」と出てきて、なんか、びっくりした。

○月×日

自販機が置いてあるフロアで缶コーヒーを選んでいたら、当社きっての切れ者デザイナーで、依頼される仕事を「ハイ、やります」「ハイ、やります」「ハイ、それもやります」と、ほとんど断らないことで有名な（社内伝票の製作費設定も高いし抱えている外注もレベルが高いのだが）、ホトケの近藤さんとバッタリ出会い、しばらく話をする。最近どう？とか、とりとめのない話だったのだが、帰り際、じゃあねと手を振ってむこうを向いた近藤さんのデニムのシャツの背中には、紫色の文字で〝YES,YES,YES!!〟と書かれていて、うわ、仕事ぶりそのまんまじゃんと思って、爆笑したら、引き返してきた近藤さんが、なに、なに、どうしたのと、けっこうしつこく訊いてきた。適当に「思い出し笑いです」と答えると、ちょっと悲しそうな顔をして戻っていった。

○月×日

深夜に家に帰ると、ぬいぐるみの母が食卓の前で待っていた。

頭から、ピンクの糸が一本、ほつれている。

ひとみの話かと思いきや、毛布の父の話で、どうも最近ぼけてきたのではないかというのだった。

家の庭で、ニンニクを育てることになり、近所の笹川さんから二十センチの間隔をあけて球根を植えるように言われたのに、父は二十センチの深さの穴を掘って、そこに球根を入れたらしい。だから植え直させたそうだ。

「幅と深さらろ、いくらなんでもまちがえるもんでねえわ」頭をゆさゆさ揺らしながら「そんげ深く掘ったら、芽なんか出てこねえて誰でもわかっこてさ」とつづける。

僕が父と話をしている分には、そんなにおかしい言動もないので、どうしようか、と言うと、とにかくこの件を頭に入れて、父の行動を気をつけて見ておいて、と言われた。

○月×日

隣の市の役所の広報のお仕事。新聞広告五回シリーズの第二弾に登場する、山の上のアルパカ農場に出かけた。

その地域では数年前に大きな地震が起きたのだが、その復興のためにアルパカが数頭贈られたのだ。飼育は順調に成功し、いまでは数も十頭以上に増えている。なかなかきれい好きな性分のようで、フンなどは決まった場所にしている。

カメラマンの山岸が、かわいー、かわいー、と興奮しながらヒゲづらをぷるぷる震わせ、「おはぎ」のようなまるいからだを揺らしながらシャッターを切っていると、どう見ても不倫じゃないか、いや、どうもそういう雰囲気がする、といった中年のカップルがやってきて、女が「アルパカっていつも笑っていて幸せそうね」と言うと、男は「だってこいつらなにも考えていないからだろ、きっとバカなんだよ」と言い放ち、さらにへへっ、と鼻で笑った瞬間、近くにいたアルパカがそいつの顔に、ペッ、と唾を吐いた。そうとう臭かったらしく、長い間、くさい、くさいと言いながら売店の脇にある洗面所で顔を洗っていた。

農場のご主人によると「唾を吐くなんて珍しいんですがねえ。私もそんなに見たことありません」とのこと。

○月×日

昨日のつづきで隣の市に出かけた。

今日は山ではなく、市街地で産業関連のインタビューを行った。ナノテク産業で有名になってきた昨今だが、昔から機械系の産業が盛んだったらしい。工場労働者が多かった土地柄か、食堂の「盛り」がすごいのだそうで、その企業の広報室の担当とともに昼食をとった。

味喜亭というお店で、もともとは蕎麦屋だったらしいのだが、歳月を重ねたいま、そのメニューにはラーメン、カツカレー、讃岐うどんが脈絡なく並んでいて、カオスだ。

そういえば最近ぜんぜん食べていないなあということで、オムライスを頼み、そのまま世間話をしていたら広報の方が「ほら、来ましたよ」と背後を指さすので振り向くと、店員の持つ皿の上に茶トラの巨大な猫がぐったりと横たわっているように一瞬見えて、びっくりしたのだが、それくらいの大きさのオムライスが出てきた。案の定、１／３も食べないうちに満腹中枢が作動し、食事をするというよりはあごを上下に動かす労働を行っているような気分で、黙々とがんばっていると、広報の人が富士山のジオラマのように見える巨大なざるそばを頂上のほうからつまんで、すすりながら「味はおいしいんですがねえ」と、悲しそうな口調でつぶやいた。

○月×日

先日の取材原稿をチェックし、メールでライターとデザイナーに送ったら、もう深夜になっていた。家に帰ると、毛布の父が食卓の前で待っていた。

隅っこのちょっと広い部分が醤油をこぼしたように、茶色く変色している。ひとみの話かと思いきや、ぬいぐるみの母の話で、どうも最近ぼけてきたのではないかというのだった。

家の庭で、ニンニクを育てることになり、近所の笹川さんから二十センチの間隔をあけて球根を植えるように言われ、父はその通り、二十センチの幅で球根を植えたのに、母が二十センチの深さに掘って、どうすんの！　と何時間も言いつづけるので、わざわざもう一度掘り返し、植え直したらしい。

「幅と深さらろ、いくらなんでもまちがえるもんでねえわ」その身をぎゅっと、よじり「そんげ深く植えたら、芽なんか出てこねえて誰でもわかっこてさあ」とつづける。

僕が母と話をしても、そんなに変な雰囲気は感じないので、どうしようか、と言うと、とにかくこの話を覚えておいて、母の言動を気をつけて見ておいてくれ、と言われた。

しかし……

まさか夫婦で僕をからかってるんじゃないだろうな。

○月×日

どうもユカリに瘤《こぶ》ができてきたようだ。

○月×日

深夜に帰宅する途中、向こうからコンビニの袋をぶらさげたブロック肉が、のっそり、ぶらりと歩を進めてきた。とりあえず挨拶をすると、

「よ、」と気だるく片手をあげた。

ひとみである。

一緒に玄関をくぐる際に、お前、学校どうしたんだ、と訊くと、にやり、と笑い、あたしのことより、ユカリちゃんのことを心配しなよ、と言ってきたので、めちゃくちゃ驚いた。なんでユカリのことを知っているのかと訊くと、またしても、にやり、と笑い、いまオンラインゲーム中で、ネットの向こうで人を待たせているから、と答えになっていない答えを返し、サンダルを脱ぐと地響きを立てて廊下を走り、階段を駆け上がっていった。

なんということか。

○月×日
仕事の途中、電源を切っていたノートPCの画面に自分の顔が映っているのに気がついた。そこで、なぜか、死んだ祖父が病院のベッドの上で、僕に向かって言った最後の言葉を思い出した。

「お前は、ぼんやりした顔をしている」

祖父は自分を見るたび、ずっと、そんなことを考えていたのだろうか。
じっと、液晶に映った自分の顔を眺めてみて、わかったのは、
自分で自分の顔をどんなに見つめても、さっぱり何の発見もできないということだ。

○月×日
営業の岩田氏、凄腕デザイナーの近藤氏とともに地元のビジネス専門学校に行き、打合せ。
岩田氏の前歯は一本欠けて、なくなっており、まるでコントの出演者のようだ。
最初は、保険きかなくて金が無くて、と言っていたのだが、それを客にいじられることを

「なんか、得してね？」と思うようになったらしい。まさに個性の主張の方法を誤っているとしか言いようがない。

それはともかくクライアントはデザインから鍼灸師《しんきゅうし》まで、幅広いジャンルの専門学校を県内で十校ほど展開している学校法人で、最初に設立された、訪問先のビジネス専門学校はその中核に位置する学校なのだが、ここ数年入学者が伸び悩み、なんとかここらで打開したいということらしい。当社に仕事が回ってきたのは、以前うちが手がけた、系列のデザイン学校の反応がよかったからということだ。

先方の女性担当者に広告のディレクターとして心がけていることは何ですか、と訊かれたので「広告はどうしてもプラン・ドゥ・シー……計画・実行・確認の繰り返しが必要になるものですから、どのような結果になったとしても、将来の自分にとってもクライアントにとっても、次の行動の種になるものが生まれるよう、心がけています」と、咄嗟の質問だったので、実はなんの答えにもなっていないことをしゃべったのだが、それはそれで先方もふむふむと納得したらしく、双方のスタッフみんなでうなずいていると、近藤さんが「じゃあ、未来の種がいっぱいだよ、みたいなコピーで、両手にフルーツを持った女の子や、鍬とか鎌を持った学生たちを表紙にしますか」と言ったところ、先方もちょっと乗ってきて「農業学校ちゃうわ！」と反応してきたのでみんなで爆笑という結果になった。

○月×日

二週間かけて制作したデザインを客先に持って行った営業が戻って来て、いきなり土下座し開口一番。

「制作するデザインのテーマを間違えて伝えてしまいました」

チーム全員が、フリーズしたパソコンのように動きを止め、ポカンとしていると、

「作り直してください！」

それを聞いて、まず、大爆笑。

とりあえず笑ってから、

どんな事態が発生しているのか気づいた。

不思議だ。

とにかく、これから地獄の三日間が始まるのだ。まず、その営業には栄養ドリンクを自腹で二ダース買いに行かせた。泣きたい。

○月×日
いちおう本も買ってきたし、カッターも用意したのだが、なかなか踏ん切りがつかない。

どうしたものか。ユカリのことを考えるとつらい。

○月×日
問題山積みの毎日なのに「どうしても」ということで日比谷と居酒屋で会う。

またしても鳥の話だ。

日比谷曰く、毎年毎年日本では、年間で五人ほどは鳥に攫《さら》われ、その後の行方がわからなくなっているのに、政府も警察も何の対応もせず、社会的な問題にならないのはおかしいと言う。

やれやれ。無精ひげくらい剃ってこいと言いたい。日比谷はあきらかに疲れている。職場の市役所を病気療養で休職してから半年が経つ。なんだか会うたびに悪化していないか？と思う。

とりあえず日比谷の話に乗り「だって五人だろ」と返し「日本には一億二千万人もいるし」と言えば、問題は数じゃないと言う。

「一人ひとりに一人ひとりの人生があって、家族もいて、知り合いもいるんだ。一人でも千人でも同じだよ」と日比谷は言う。ビール一杯しか飲んでいないのに、なんだか、目の焦点が合ってない。

そもそも日比谷の言うことは、ニュースにもならない。なりようがない。

「気にするなよ。一億二千万分の五だぞ。大丈夫だって。大丈夫」と言いながら瓶ビールを注ぐと「俺は怖いんだよ」と小さな声で言い、すすり泣きをはじめた。

「そんなことより今期のアニメの話をしようぜ」

しばらく泣かせてからこんな感じで無理やり話を変えると「今期の最高作は『惑星ゾンビ』だね！」と、いきなりうれしそうに語りだしたので、むしろその切り替えの鮮やかさにびっくりした。

○月×日
カッターを手にユカリの前に立ったが、どうしても勇気が出ない。

○月×日
おうユカリちゃん！　僕はホントに君のことが心配なんだ！　うーん、たまんないっす！　そのセクシーなフォルム！　オービューーティほー！　ところで準備は万端！　さあ、さっさとその瘤、このカッターで切っちゃうぞー。ギャーなんて叫んでも止まんないぞー。だから叫んでみようかー。うーん、やっぱ無理ー。叫んだりなんかできないもんねー。むしろ叫んだらホラーだもんねー。僕はなんでこんなのに愛情とか注いじゃったりしてるのか、いったいぜんたい、まったくほんとに、さっぱりわけがわかラーメン！

○月×日
お前、僕の日記を盗み見てやがったな。
あげく、書き込みまでするとはどういう了見だ。
そう怒鳴ってドアを叩いても隣室のひきこもりは完全に沈黙している。

むかついて仕方がない。

ほんとにむかつく。

○月×日
昨日の勢いというか、とりあえずカッターを使ってユカリを処置する。

終わってみると、あんなに悩んでいたのが嘘のように、なんだかスッキリした。

○月×日

そういえば小学生の頃、まだ赤ん坊のひとみと家で留守番をしていたことがあった。

あいつがペットボトルのキャップを口に入れたのを見て、あわてて無理やり口を開けて取ろうとしたのだが、あいつが断固としていやがり、口を開けないので、両足を持って逆さにし、吐き出させようとしたのだ。ひとみは泣きわめき、僕も泣きながら、あいつの頭が畳に激しく叩きつけられるのも構わず上下に振りつづけた。買い物から母が帰ってきたのは小一時間も経ってからだったが、僕はまだあいつを引きずり回していた。

肝心のボトルキャップは、いつのまにか吐き出していたらしいのだが、それを僕は気づかなかったのだ。

ひょっとして、

いまでもそのことを根に持っているのだろうか。

○月×日

営業から地元大手自動車ディーラーの新聞広告シリーズの話が来て「ようやく決まりまし

たね」とニヤニヤしながら言うので「え、なんのこと」と聞き返すと、僕が三年前に提出した広告企画書を手渡された。

むしろ先方が、なんで今日までこの書類を保管していたのかと思って、感心した。

正直、提案内容なんて、もう一文字も覚えていない。

まるで他人の企画書を読むような気分で書類を読んだが「これ、いまの時代にこんなのでいいのかな」と思わないこともなく、悩む。

◯月×日

高校の同級生だったトモジがフリーのライターをやっているらしく、そいつとも仲が良かった日比谷に連絡先を聞こうと電話したが出ない。

いま、あいつは年中ヒマなので電話に出ないのは珍しい。

結局一日、連絡がつかなかった。

◯月×日

結婚式場の見学会企画の会議で、今年入社した男性デザイナーが、

「十二単って、どんな電池ですか」

と訊いたらしい。

○月×日
今日も日比谷と連絡がつかなかった。

○月×日
今期のビジネス専門学校の学生募集が、あっという間に定員数を満たして終了したと聞いて驚いた。

コピーは「未来の種がいっぱい！」

ビジュアルは季節のフルーツを山盛りにしたバスケット――そのなかには学校で学ぶ各職業に関連した小物も入れてある――を笑顔で持つ生徒たち。

ぶっちゃけ、一発目の顔合わせで爆笑した世間話そのまんまの内容が採用になって成功したわけで、こんな経験も、まあ珍しい。

ちなみに年中忙しい近藤さんにこの話をして「よかったですね」と言ったら、返ってきた言葉は「あれ。あの学校ってどんなデザインしたっけ？」と、もうすっかり忘れていて、ちょっとびっくりした。三年前の企画書ではなく、今年の話である。コピーを言って、ようやくピンときたようだが、それにしても記憶の引き出しに入れるのが早すぎる。いや、そうでなきゃ、あの仕事量はこなせないのかもしれないが。

○月×日

今日も日比谷と連絡がつかなかった。

○月×日

自治体の新聞広告に掲載する庖丁職人のインタビュー原稿が、ライターの長澤さんから上がってきた。

長澤さんは取材当日にもかかわらず朝から酒臭く、インタビューではなぜか職人さんと現政権批判で意気投合して「殺してやりたい」とか不穏当な大声を連発。終了後、帰りの際には「俺が運転するよ」というので、みんなが乗ったワゴン車のハンドルを握らせたら、疲れが出たのか途中で眠り、高速道路の壁に激突しそうになった、問題老人と言ってもいいベテランライターだ。自分の書いたここまでの文章を読み直しても、けっこうむちゃくちゃである。とにかく、スタッフ一同死の恐怖を感じた、危険な香りのする取材だったが、コピーの文章は非常に端正な仕上がりだった。
文章って、性格が出るというけど、ほんとだろうか。
いまさらながら、信じられん。

○月×日
通勤で歩いている途中、ふと周囲が暗くなったように感じたので雨でも降るのかと思ったが、一瞬後には明るさが戻り、これはなんだ、と思って上空を見上げると、けっこうな数の鳥が飛んでいた。どうもその影に入ったらしい。日比谷の言葉を、なんとなく思い出した。以前のこの辺は、こんなに鳥がいる感じではなかったような気もする。そう考えると、あんな壊れたやつの不安でも「不安のもと」と言うべき原因があるのだろうなと思う。

○月×日
今日はとてもショックなことがあった。
ちょっと落ち着いてから、書いておこうと思う。

○月×日

まず、その前の日の夜、僕は家に仕事を持って帰って深夜まで会議用の資料を作っていた。データはそのまま会社のパソコンにメールで送ったのだが、紙媒体の資料を部屋に持ち込んでいたのだ。そして、それを出勤時に持って出るのを忘れてしまったのだった。

資料のなかには、実は社外持ち出し禁止の書類もあり、こいつはまずいぞと、昼休みを利用して、いったん家まで戻らなければならなくなった。

会議は夕方からだったが、焦っていた僕は家に着くと、一秒も無駄にしたくはなかったので、鍵を開けると同時に、駆け足で玄関を抜けた。

すると、台所に見知らぬ男が全裸で立っていて、その足元には巨大な焼き豚が転がっていた。

僕は驚いた。焼き豚ではなく、それは紐で縛られたひとみだった。

ひとみは僕を見つめていた。

僕がそのまま、ぼうっと突っ立っていると、男は我に返ったのか、場違いにもの慣れた口調で「あ、お兄さんですか、いつもお世話になっています。こんにちわー」と頭を下げて挨拶をした。僕も我に返り、書類を取りに部屋へ走った。

ひとみの声が聞こえたような気がした。

「おにいちゃん、ちがうの」

僕が書類をつかんで、部屋を出ると「このひとはあたしの」という声が聞こえたんだが、とにかく、かまわず玄関を開け、外に出た。

そして、これは、ほんとに聞こえたかどうか自信はちょっとないけれど、なんだか、ひとみの泣き出す声が聞こえたような気がした。


その後、というのは、その日の夜のことだけれど、ひとみは僕に恋人との仲を親には言わないよう、泣きながら言ってきた。

なんというか、そうでなければ愛されないというのであれば、仕方のないことだ。

だが、しかし、兄としてなんか、そんなのは、すごく、やだ。

兄として、ひとみに、なにをどう言うべきだったのか、ぜんぜん、わからなかった。

いまもわからない。

○月×日
今日も日比谷と連絡がつかなかった。

○月×日

それにしても、ひとみはどうやってあんなやつと知り合ったのだろうか。年がら年中自室にいるくせに。

今度訊いてみようと思うが、それもなんだか怖い。

○月×日
今日も日比谷と連絡がつかなかった。
ユカリは、いい感じだ。分身はとりあえず、おチビと呼びことにした。
どちらもかわいい。
ひさしぶりに感極まり、ユカリをうっかり撫でて、手に激痛が走る。
トゲ抜きと消毒薬でかんたんな治療。
我ながら自分に呆れる。

○月×日
今日も日比谷と連絡がつかなかった。

○月×日

大学の試験で答案が真っ白。卒業はできない。実際にはそんなことはなかったのだが、なぜか夢に見る。そして、この夢を見ると、だいたいよくないことが起こるような気がする。

○月×日
そういえば最近、隣の部屋からいびきが聞こえてこない。

○月×日
今日も日比谷と連絡がつかなかった。

○月×日
今日も日比谷と連絡がつかなかった。

○月×日
日比谷の母親から連絡があり、どうも鳥にやられたのではないかとのことだった。

なんということだ。

○月×日

日比谷の家に行くと日比谷の母親（錆びた緑のドラム缶）から、とりあえず警察に行って行方不明者届を出したことを聞かされた。

誘拐とか、なんか、そういうものではないんですか、と訊くと、どうも鳥の場合は行方不明扱いになるらしい。

「警察はあてにならんわ」と言うと、日比谷の母は、バキン、と音を立てて体を前に曲げ、泣き出した。

とにかく、ご両親ともだいぶ疲れていて、二人掛けのソファーの上では日比谷の父親（巨大なスルメ）が寝そべったまま、ぴくりと動かない。

とりあえずその前の一人掛けのソファーに座り、このたびはどうも……と、もごもご言ったあとで、できることなら何でもやりますんで、と語りかけたら、

「べつにいいよ」と日比谷の父は言い「どうにもならんしね」とつづけた。

この時のイントネーションがどこかおかしく「どうにもならん死ね」と言われた気分だっ

たのだが、もちろん、聞き間違いのようなものだと思う。

○月×日
それにしても最近隣の部屋から物音がしない。

○月×日
それにしても最近、まったく、隣の部屋から物音がしない。

○月×日
仕事帰りの深夜、意を決して、隣の部屋のドアに手をかけると、鍵もなにもかかっておらず、あっさりと開いた。

ひとみの部屋はがらんとしていて、ベッドと、小学生が使うような学習机と、部屋の真ん中にちいさなテーブルがあるだけだった。クローゼットも本棚もテレビもパソコンもなんにもない。学習机の脇には赤いランドセルが置かれたままだ。

テーブルの上には母親の作った食事が冷えたまま置かれていた。それも、ご飯を盛った茶碗と、昨日のおかずを小皿に取ったものだけだ。よく見ると箸も置かれていない。

これはどういうことかと思い、ぼんやり部屋を眺めていると、学習机の上に写真立てがあることに気づいた。

手に取ってみると、まだ赤ん坊のひとみが笑顔で微笑んでいる。

いったいなにがどうなっているというのか。

○月×日
終日、仕事が手につかなかった。

後輩の難波が、会うなり「先輩の目は、死んでますよ」と言ってきたのであやうく本気で殴るところだった。どうも、僕の体調を心配しての発言らしいが、言葉のチョイスがおかしい。疲れる。

○月×日
日曜日の今日、朝食後、ひとみの部屋の件について両親に、どうなっているのか訊いてみた。

母親はぬいぐるみの頭を両手で持ち上げ、よいしょ、と言って横に置くと、ひさしぶりに素顔を見せて「ようやくだね」と言い「長い年月が経ったもんだねえ」とつづけ、父親は毛布をばさりと脱ぎ捨て「心のフタを開けるときが来たんかなあ」と言った。

その瞬間、この手に、ちいさく、幼い、ひとみの両足を握ったときの感触が、よみがえってきた。ボトルキャップを吐き出させようと、汗だくになったあの日の陽射しを思い出す。だんだん重くなってゆく、幼いひとみの躰《からだ》の感覚。ぐったりとして、動かなくなっていった、あの感覚。

なるほど。

どうも、おかしいのは自分のほうだったらしい。

どうりで、爺さんに「ぼんやりしている」と言われるわけだ。

○月×日
なんというか、なんとも言えない。
長年つけてきた日記を読み返しながら、自分自身のこころについて一日考える。

○月×日
届け出も済み、今日から休職期間に入る。

ユカリとおチビを日当たりのよい、ひとみの学習机の上に置こうと考え、部屋に入ると、隣家の二階の窓から、こちらを見ている、この辺ではあまり見ない鳥に気がついた。

こちら、というより、僕をじっと見ているのだ。

そのことに気がつき、僕も鳥のほうを真正面から見つめると、鳥はゆっくりとした仕草で腕を胸の前に組み、歯をむき出して、威嚇するような笑顔を僕に見せつけた。

9　文芸部室の三人

七月　最終土曜日　午後

宇喜夫が『文芸部創部四十周年記念誌』から顔を上げると、机の向こうでは、ちょうど目を覚ました宗介が、体を起こすところだった。宇喜夫が「よう」と言うと、宗介は髪に手を突っ込み、頭を掻きながら「暑い……」と、まるでひとりごとのようにひとこと言って立ち上がり、窓際まで歩くと、椅子を引き、窓から外を眺めるような体勢で、そこに座った。

「風も入ってこないのな……」

宇喜夫は分厚い記念誌をパタン、と音を立てて閉じる。

「ウッキーって、けっこう、その本読んでるよな」と、あくびをしながら、宗介。

宇喜夫は少々意外だった。

「そうだっけ」

「そんな気がする」

「そうかねえ……」

「そうじゃないの？」

「どうだろう」

「そう思うけどな」

「そっかあ」

交わす会話も、夏の熱気に、だらだらとだらけてしまって、締まりがない。

宗介は、そのままぼんやり窓の外を眺めだした。

記念誌を机の上に置いた宇喜夫は目の前にある『少年ジャンプ』が今週号だということに気がついた。暑いしなあ、とりあえず、これ読んでから、他の作品読もうかな、と、あっというまの心変わり。強烈な夏の暑さは人間の意志や意欲を溶かしてしまい、一緒くたにして易きに流してしまうものなのだ。宇喜夫はタオルで顔の汗を拭き、雑誌を手にとって、ページをめくりはじめる。さて『ＯＮＥ ＰＩＥＣＥ』は何ページからなんだろうか。

そこで、宗介が宇喜夫に声をかけた。

「ウッキー、いま、この部屋、何度あんの」

誌面から顔を上げる宇喜夫。そういえば宇喜夫の背後の壁に「居酒屋のむらや」のロゴが入った、古い水銀式の温度計がペタッと貼られていたはずだった。言われてみれば、宇喜夫も気になる。

「ん。じゃあ、ちょっと見てみようか」

宇喜夫はパイプ椅子から立ち上がると背後の壁に向き直り、温度計の目盛りを読んだ。

「あ、いま、この部屋、三十八度だわ」

宇喜夫が言ったその瞬間、宗介は「ああああ」と声をあげて二階の窓から飛び出していった。

驚いた宇喜夫が窓に駆け寄り、外を見ると、黒のタンクトップにカーゴパンツ姿の宗介がアスファルトの上で右足を上げて「アチッ！」左足を上げて「アチチッ！」と、ひとりでジタバタしている。その足は裸足だ。ふと、室内側の窓の下を見るとサンダルがきちんとそろえて置いてある。

バカは丈夫なんだな、と宇喜夫は納得しながら窓のそばを離れ、ふたたび壁に貼られた「居酒屋のむらや　大学前店」のロゴ入り温度計を眺める。やはり見間違いではない。誰かが店からかっぱらってきたのか、ノベルティなのか、なぜこんな文芸部の部室に居酒屋の温度計がボンドで壁に貼られているのか、そんな理由などなにもかもさっぱり見当がつかないのだが、とにかく彼の入部前からここにあるこの道具は、七月最後の土曜の午後一時半、この部屋の気温が三十八度だという、揺るぎない真実を見る者に突きつけている。

ちょうどそのとき、本棚の上に置かれた小型ラジオから、中東の都市で自爆テロにより数十人が死んだというニュースが聞こえてきて、先ほどの宗介の無様な踊りっぷりを思い出した宇喜夫は、そもそも世界が狂っているんだから、住んでいる俺らもどこか狂っているんだろうなあ、と思ったが、思った瞬間、あ。これ、今度書く小説のテーマに使えるんじゃないかな、なんて、拾い物をした気分になってしまったので、欲が出た分、思考もそれ以上深まらず、結果として、そんな問題意識も、さっきの意志や意欲同様、夏の暑さに、とろっと溶けてしまい、いつのまにか、なんかもうめんどくさいから『少年ジャンプ』のつづきを読まなきゃなあ、なんて光の速度で妥協して、宇喜夫はふたたび、分厚い週刊誌のページを『ONE PIECE』目指して、めくりだした。


ラジオのDJが変わり、懐かしいロックがかかる。宇喜夫が中学生の頃に流行った曲だ。あの頃は夢いっぱいだったよな、と感じながらめぼしいマンガを読み終わった宇喜夫が『少年ジャンプ』の次号予告のページをぼんやり眺めていると入り口に巨大な三毛猫を抱えた、汗びっしょりの宗介が現れた。

「なんか、ニャーがいたぜ」

頬ずりをする宗介。猫は暑さにやられたのか、宗介に屈服したのか、なんだかぐったりしている。

「この、くそ暑いのに、そんな『歩く湯たんぽ』なんか連れてきてどうすんだ」と宇喜夫。
「ニャーは湯たんぽじゃねえ」と宗介。「立派ないきものだよ。ねえ、ニャー」ちょっと気を悪くしたような顔つきで窓のそばまで行き、大事に猫を抱えたまま椅子に座る。そしてそのまま窓から外をぼんやり眺めだす。

なぜサンダルを履かない。

宇喜夫はそう訊こうと思ったが、どうもその猫には見覚えがあった。
「それさあ、こないだ、赤犬先輩が追いかけてた猫じゃないか」

赤犬先輩とは、文芸部室の対面にある、美術部の学生で経済学部の六回生、またのあだ名を「牢名主《ろうなぬし》」という人物で、だいたい半纏《はんてん》を着て学内をうろうろしているためにそう呼ばれているらしいのだが、あまりに貧乏なため野良猫や野良犬をさばいて鍋にして食っているらしいという噂があり、実際「いや、犬は赤いほうが美味いよ」と言ったとか言わないとかの情報もあり、それで近隣の文化系サークルの学生はどちらかと言えば「赤犬先輩」の呼称を採用して呼んでいるのだ。
「マジかよ」と宗介。そして猫をなでながら「よかったな、ニャー。俺に捕まって」と、猫にしてみたら迷惑千万な言葉をかけた。猫はなにか達観したかのような表情で宗介にされるがままになっている。

「赤犬先輩ってさあ」と宇喜夫。「人生どうすんのかなあ」

「そんなことよりやばいのはいまの俺たちじゃないの」と宗介。鼻の下に汗の粒が浮き出している。「花園先輩、何時に来るとかって言ってねえのかよ」

「今日の午後ってだけ、言ってた」

「ブーッッッ」と宗介。そして、ふとなにか憑物が落ちたように真顔になって「ひとりでするブーイングって、さみしいなあ。なあ、ニャー」と猫に話しかけるが、猫はぴくりとも動かない。

ほんの少しの沈黙のあとで、突然、宗介は閃いた。

「あ。ウッキー、携帯は?」と、宇喜夫に尋ねる。

「アパートに忘れてきた」と宇喜夫。「取りに行くのもめんどくさい」そして宗介に向かって「お前は携帯持ってないのかよ」

「やめた」

「え?」

「お金かかるからやめた」ぼんやり外を眺めながら、話す宗介。

「あ、そう。そうか、やめたのか、なるほど」と、なぜか動揺する宇喜夫。そしてそのあとで、こう、つぶやいた。

「なんか、俺たち、どうしようもねえなあ」

どこか遠くで自転車のブレーキがキィーッと鳴った。


そしてそのまま、三時になった。

部屋の気温は三十八度四分。むしろ上がった。

ニャーは宗介の膝を下り、部室の入り口脇で、じっとしている。たぶん空気の通り道なのだろう。宇喜夫は数年前からの文芸部の部誌を読み返している。屋根の下にいるのに、頭のてっぺんがじりじりと熱い。汗をぬぐうタオルもひどく湿ってしまった。宇喜夫はそんな熱気に耐えながら、どうしてこの先輩はペンネームを「鼻からうどん」に決めたのだろうか……などなど、なんの役にも立たない思索を巡らせている。宗介は相変わらず、ずっと、窓から外を眺めていたが、突然、喋りはじめた。

「ウッキーさあ、あの……ネクタイって、なんなんだろうねえ」

「ネクタイ?」部誌から顔を上げる宇喜夫。

「サラリーマンとかさあ、首からぶらさげてるんじゃん、布」

「布……」

「あの布って、なんの役に立つんだろうなあ。ウッキーわかる?」

「そんなこと、考えたこともなかったな」

「そっかー」

小型ラジオからは最近話題のアイドルの歌が流れていた。元気いっぱいで爽やかな歌声だ。そのため、いまは少し腹立たしい。

「そもそもあの人、変だよなあ」と、また宗介。「学校の授業じゃ、けっこうパソコン使ってたのに、小説は原稿用紙に手書きじゃないとだめとかさあ」

あの人というのは、花園先輩のことだ。

部誌を読みながら、うんうんとうなずく宇喜夫。たしか先輩は、自分の作品を必ず万年筆で書くのだと聞いたことがある。

「卒業したのに秋の号に作品載せてくれとかさあ。だいたい前期の終わりじゃなくて、後期のはじめでも充分間に合うのに、こんな日に持ってくるとか、なんなんだろなあ」

「いや、まあOB寄稿とか、ないわけじゃないし。作品だって出来たらその時点で提出しちゃえばいいわけで。それに、なんか言ってたぞ。たしか」と宇喜夫。タオルで顔をぬぐいながら「なんか、自分の親に、作品を印刷して載せた最後の部誌を贈りたいとか言ってた」

「えー」と宗介。「俺たち、やさしいだろ、それ。印刷代とか俺たちが出すわけだし。なんか、俺たち、いい人すぎるわー」

「部にもいくらかカンパするってさ」と宇喜夫。

「じつに素晴らしい先輩でありますね」宗介は心から笑顔になった。

ちょうど、そのとき。

「おや、ミケ太じゃん」鈴のような声がして、宇喜夫が汗まみれの顔を部誌から上げると、部室の入り口に花園先輩が立っていた。

宇喜夫は自分の心臓が、一瞬、止まったように感じた。

半年ぶりに会う花園先輩の髪は、相変わらず長く、ポロシャツにジーンズといった格好で、大きなトートバッグを肩にかけている。

「あ。おひさしぶりです」と宇喜夫。

「ミケ……太？」と、少しぼんやりしながら、宗介。

「あれ、君たち知らなかったっけ」と花園先輩。入り口脇で、だらっと伏せている三毛猫を指さし「ミケ太はオスだよ？」

宇喜夫と宗介が驚いて三毛猫に目をやると、三毛猫は鋭い視線を背中に感じたのか、のそり、と立って、のそり、と花園先輩に目をやり、そのまま、のそり、のそり、のそり、と歩いていった。

「さすが経済学部だな、赤犬先輩」と宗介。「三毛猫の雄なんて超希少だぞ。売ったら百万だ」

「歩く金塊だな」と宇喜夫。

「ミケ太は金塊じゃないよ」と、花園先輩。「立派ないきものだよ」

宇喜夫が軽い既視感を感じていると、花園先輩はトートバッグから素敵な六本パックを取り出した。

「今回の編集委員の君たちに差し入れ。星のマークのビールだよ」

「ひゃっほー」喜ぶ宗介の目じりには涙がにじむ。「十四の歳からビールと言えば、これなんです」

「なんか聞き捨てならないぞ」缶ビールを受け取りながら、半笑いの宇喜夫。

「親父と晩酌とかしてただろ、ウッキーも」と、宗介。

「十四は、ないよー。なんかすげえな、お前も、お前の親父も」

「親父なんか飲みながら仕事してるときもあるぞ」

「それは、すごい」と社会人一年生の花園先輩。「おとうさん、なにしてんの」

「ちっちゃな不動産屋ですよ。しかも今頃の季節はアロハ着て仕事してます」

小型ラジオから古いサーフ・ロックが流れてきた。

「それじゃあ、乾杯！」

花園先輩の音頭に合わせ、缶ビールを掲げる三人。ひとくち飲んで「くーっ、この瞬間のために、生きてるなあ」しみじみつぶやく宗介。宇喜夫も、ビールのはじけるような喉ごしが、背中を流れる汗までサッと、一瞬で冷やすように感じた。

「部室で飲むのは格別だね」と花園先輩。「あ。ウッキー、これが原稿ね」と、宇喜夫に原稿用紙の束を渡す。

「あ。ありがとうございます」ノンブルを確認する宇喜夫。四百字詰めで三十六枚。「ちょうだいしましたー」

花園先輩はその言葉を聞きながら、机の隅に置かれた扇風機を持ち、自分の座っている方向へぐいっと向けた。

「あのー先輩」宗介が長年の疑問を訊いてみた。「なんで小説だけは手書きなんですか」

ふむー、と腕を組んで小首をかしげ、ほんの少し、花園先輩は考えた。そしてこう言った。

「小説を書くときに使う万年筆は、母の形見なのね。小さい頃は、いっぱい本を読んでもらったんだけど、なんか、なんだろう。万年筆を使って小説を書いてるときは、なんだか、お母さんが近くにいるような気がするのよ」

思いがけない理由に宗介は驚いたようだった。作家気分？　とか、なにか軽いイメージの答えを予想していたのかもしれない。宗介は「あ」と、ひと声発したあと、完全に固まり、だいぶたってから「ああ、ご愁傷様です」と言った。

「いや、もう、だいぶ昔の話だって」微笑む花園先輩。

宇喜夫は彼女の母が亡くなっていることは知っていたが、常々持っている万年筆にそんな由来があったことを初めて知った。なにか言おうと思ったのだが、なにを言えばいいのかまったく思いつかなかった。だから、手にした原稿を読みはじめた。それは冬のある日の、書店を舞台にした話だった。

10　冬の書店で

冬の日曜日、たまきさんは、目を覚ました。ベッドの上で、ぼんやりながめる天井の景色——天板の木目や電灯の笠——は、いつもとまったく同じだったのだが、それが、ほっとするような安心感につながるのではなく、ここ最近の気分の落ち込みようも手伝って「また今日もさえない一日が始まる……」という、不安というか、あきらめというか、なんだか、もやもやした予感を感じさせた。

そりゃね、と、たまきさんは思う。そりゃ、起きたら天井変わってた！　なんてことがあったら大事件だけどね。たまきさんは、むくりと起き、ベッドから降りてヒーターのスイッチを入れると、今日も寒いなあ、と心のなかでつぶやきながら、すっかり冷たくなったフローリングの床をつまさき立ちで洗面台に向かった。

チューブをぐいっと握れば、にゅるっ、と出てくる歯磨き粉の、ミントの香りに一瞬だけ、いい匂いだなあ、と心もふわりと浮き立つのだけれど、それも口に入れてゴシゴシ磨き出せば、健康維持の「作業」となってしまう。そこで、下の奥歯の裏側が、やっぱりなんだか磨きにくいなあ、なんて、ほんのちょっとの「不都合」を思い出せば、この一週間のいろんな憂鬱な思い出たちが脳裏にどよどよ「おじゃましますー」と、挨拶しながらやってくる。

月曜日は今月の伝票の締め日で、休日明けだったからたいへんだった。そこに大口の得意先を担当している営業から「在庫の確認をいますぐしてくれ」と電話が入ったものの、その営業が言った商品番号などデータのどこにもなく、さては言い間違えたなと、こちらから再度連絡をしても電話がつながらず、それなのに先方への返答期限がどんどん迫ってきて……間一髪、電話がつながり間に合ったのだが「気が利かねえな」と営業から逆に怒られてしまった。でも、連絡を待つ以外、いったいどのような方法があったというのだろう。

「むかつく」たまきさんは、泡だらけの口で、ひとりごとを言った。

つづく火曜日はなにごともなく過ぎたが、それは次の日のトラブルの序章だったからで、つまり、嵐の前の静けさみたいなものだった。水曜の午前中に、仕入れ先の納品書はあるのに、なぜか請求書が見当たらないという、めったにない事件が発生したのである。

たまきさんは、ああ、月曜日は、ただでさえ忙しかったのに、あのえらそうな営業の一件があったからなあ、なんとなく、あたしがポカしてそうだなあ、と思ったのだけれど、そんなこと誰にも言えない。上司は「うちの部署がそんなミスするわけねえだろ」とつっぱねて、営業に言って仕入れ先に伝票確認までさせる始末。それなのに、大騒動の結果、たまきさんのデスクと向かいのデスクの隙間にその請求書が、ぺらっ、と落ちていたことが判明し、上司から「なにしてくれてんの」と、大声で、こってり絞られてしまったのだ。

「大爆発だったね」と、隣の席の先輩も帰り際に言うくらいで「気にしないほうがいいよ」とも言われたのだけれど「そう言われるとなんだかますます気にせずにいられない」と思ってしまうたまきさんは、自分の性格にも疑問符が浮かんでしまうのだった。

「あたしって性格悪いところあるな」と、ちょっと不安に思いながら、たまきさんは口をゆすいだ。

大失敗の翌日の木曜日、さらに、悪夢のようなアクシデントは、やってきた。たまきさんは、仕事の帰りにスーパーマーケットで買い物をしたのだが、喉が渇いたなあ、と感じて、出入り口の脇に置いてある自動販売機にお金を入れ、ミルクティーのボタンを押したのだった。

しかし、けれども、商品は出てこなかった。

一瞬、目をぱちくりさせて固まり、次に取り出し口を見て、ゆっくり首をひねったあと、猛烈な勢いで返金のスイッチをガシャガシャガシャガシャ押してもなしのつぶて。神は死んだ！　なんて絶叫しながら泣きたい気分のたまきさんだった。

いまからでも遅くないからハンマーでも持って、あの販売機を壊しに行こうかな……と、たまきさんは電気ケトルのスイッチを入れながら考えるのだが、もちろん、ほんとにそんなことはしない。当然、そんなハンマーなど持ってもいないし。でも、まあ、このようにイマジネーションの上で復讐するのは心を健康に保つためにはよいことなのかもしれない。なにしろ、たまきさんの先週の不幸はこれで終わりではなかったのだ。

たまきさんは金曜日の仕事帰り、彼氏と食事に行った。そこで彼氏はイカのリングフライを注文したのだが、たまきさんはイカ、タコ、ナマコなど、見た目がうねうねというか、ぐにょぐにょしたものが苦手である。ウナギもぎりぎりアウトという感じで、友人に「あんたユダヤ人じゃないよね」と——理由はよくわからないのだが——謎のひとことをかけられたこともある。もちろん彼氏なのだから、そんなことも当然知っているはずなのだが……。

「あたし、イカ食べれないよ」と彼氏に向かって言えば「あれ、そうだっけ」との返事。たまきさんは、ちょっとショックで、いったい、いままで何度一緒に食事をしているのかと思ってしまい、思っただけならよかったのだろうけど、そのとき、なんでこうも今週はなにもかもおかしいのか、とも感じてしまい、そんなわけで怒りというか不満というか、そんな感情をちょっと彼氏にぶつけてしまって「あたしがイカ食べれないの知ってるじゃん」と口をとがらせながら、言ってしまった。すると、その瞬間、彼氏は「俺が食うんだよ！」とブチ切れてしまい「俺が食べたいもの頼んじゃいけないっていうのかよ！」と、さらにヒートアップした感じでつづけたあとで、彼氏が日ごろ、たまきさんに感じている不満を「お前、めんどくさいよ。いろいろ」の前置き付きで、テーブルの上にぶちまけはじめたので、たまきさんは、もう、びっくり。

結局、たまきさんはなにも食べずに、ひとりでそのまま店を出て、まっすぐアパートに戻ってきて、昨日の土曜日は、ほとんど一日泣いていたのだった。

たまきさんは、暖まりはじめた部屋の真ん中で、あったかいコーヒーカップを両手で持って、部屋の壁に三つ並んだ本棚を、ぼーっと、ぼんやり眺めていた。

たまきさんの母親は、寝床のなかで、幼いたまきさんに絵本を読んで聞かせるのが好きだった。おならの威力で梨の実をとり、お宝を手に入れる『へっぴり嫁さ』のお話に涙が出るほど笑い転げたことはよく覚えていて、母親がとにかく疲れてもう読めないというときなど、自分で本を読めるようになりたいなあと強く思い、一生懸命字を覚えたのだった。母親に向かって絵本を読むと「よく読めるねえ、上手だねえ」とほめられた。うれしかった。本を読むだけでも面白いのに、ほめられるなんて！　それから次々と本を読むようになり、大人になったいまでは、読書はもう、人生に欠かせない習慣となったのだった。

いままで読んできた本がたくさん詰まった本棚を見ると、たまきさんは安心する。

そこには、自分のたどってきた生き方が詰まっている。

手にふれられるものとして、自分の過去が、そこにある。

たまきさんは、考えた。


今日は、本屋さんに行こう！

そこで、いまのどろーんとした気分を変えることができて、明日につながる、なにか面白い一冊が見つかればいいいなあ！

*

冬休みに入って初めての日曜日、小学四年生の、たまきちゃんは目を覚ました。

今日はうれしい日。

というのも、今日は隣の市の大きな本屋さんに行って、たくさん本を買う日なのだ。

たまきちゃんの住んでいる、ちいさな町には本屋さんがない。だから、夏休みや冬休みになると、電車に乗って隣の市までお母さんと一緒に出かけ、次の休みが来るまでに読む本を五～六冊買って帰るのだ。もちろん、せっかくのお出かけなので、それだけで済ますのも、もったいない。だから、午前中は例年この時期に上映されている子ども向けのアニメーション映画を見て、お昼はお母さんとファミリーレストランに行って食事をし、それからとても大きな本屋さんに行って本を買い、夕方近くに帰ってくるのだ。まさに、たまきちゃんにとってビッグイベントの一日なのだ。

でも、今日はちょっと、憂鬱な感じでもある。

というのは、いつも一緒に行っているお母さんは病気で行くことができず、代わりにお父さんと出かけなくてはならないからだ。

たまきちゃんはお父さんがちょっと苦手である。家にいると、「ひじをついてご飯を食うな」「家のなかを走るな」「壁にシールを貼るな」などなど、ああしろ、こうしろと、うるさいし、テストの点数があんまりよくなければ、正座をさせられて、じっくり説教される。頭を叩かれたりはしないけど、もっとちいさいときにはお尻をバンバン叩かれたし、とにかく、怒るとすげえ怖い。それに、最近はあんまりしなくなったけど、酔っぱらったときとか、たまきちゃんを無理やり抱きしめて、頬ずりなんかするわけで、そんなときは、ひげがジョリジョリして、すげえ痛いのだ。

とにかく、行ってみるしかないな……。

ちいさな眉間にしわを寄せながら、たまきちゃんは布団をたたみ、よいしょ、と持ち上げて、押し入れに入れた。たまきちゃんは小学一年生から個室で一人で寝ている。最初はおばけとか怖かったけど、最近はもうそんなのはいないって、わかってる。昔の自分って、子どもだったなあ、って思うたまきちゃん。気分はもう、大人だ。

たまきちゃんが朝起きて一番にするのは茶の間に行って、そこに置かれたベッドで横になっているお母さんに挨拶することである。

「お母さん、おはよう」

「おはよう」

たまきちゃんのお母さんは病気になってから、夫婦の寝室ではなく、茶の間で寝ている。テレビがここにしかないというのもあるけれど、家族が一番たくさん時間を過ごす場所にいたい、というのが大きな理由だ。

すぐそばの座卓に、お父さんが自分で焼いた目玉焼きや、漬物の皿を並べている。

「たまき、食ったらすぐ行くからな」とお父さん。

「うん」と、たまきちゃん。

「のんびり見てないでお前もご飯、茶碗によそって並べなさい」と、ちょっと強い口調でお父さん。

「はいー」
なんでこんなすぐ怒ったようなものの言い方するかな、とたまきちゃんは思い、ますますちょっと気分が重くなった。

がたんごとん、と体が横に揺れる感じ。隣の市につづく電車のなかは休日ということもあり、空いていて、静かだった。

たまきちゃんは窓の向こうでびゅんびゅん後ろへ飛んでゆく風景を眺めるのが好きだったので、そのまま対面の座席の上の窓をぼんやり眺めていた。するとお父さんが突然「学校はどうだ。最近?」とものすごく曖昧な質問をしてきて、びっくりした。そんなの毎日、夕飯のときに話してるじゃん! そう思って、隣に座るお父さんのほうを向くと、お父さんの視線も、まっすぐ対面の窓に注がれている。そしてそのまままたまきちゃんを見ずに、真剣な目つきで「みんな元気か?」と、微妙にわけのわからないことを言った。お母さんはともかく、お父さんは、あんまり自分の友だちと、実際に会ったことはないはずだ。毎日いろいろ話しているのに、わざわざこんな時にまた聞いてくるところを見ると、やっぱりさっぱり聞いてなくて、友だちの名前だって覚えてないに違いない。顔の見分けなんて、もう、絶対つかないはずだ。そのお父さんが言う、みんなって、誰だ? たまきちゃんは、とりあえず、よく話に出していた、ともちゃんや、ひろくんを思い浮かべて「みんな元気だよ」と答えると、お父さんは真剣な表情のままぴくりとも動かず、だいぶ経ったあとで窓を見つめたまま「無事、これ名馬って言うしな」と、なに言ってんだかわからないよ、というカクゲンらしきことを言ってきた。そこでなんとなく「お父さん、なんかへんだな？」と感じたのだ。

そして、それは、だいたい当たっていた。

お父さんは、娘と二人でどこかへ出かけるということが、ものすごくひさしぶりな出来事で、しかも一緒に隣の市に行くのは初めてだったので、肩に力が入りすぎていた。そのせいで、ちょっと、ペースというか、調子がおかしい。

映画館に行って名作童話を今風にアレンジしたアニメが始まれば「たまき、これ次な、あの木の陰から、オバケが出てくるんだぞ」と得意気に大声で言うので、たまきちゃんは劇場の椅子から転げ落ちるかと思った。「お父さん、そんなこと言っちゃダメだよ」と小声で注意すると、ああそうか、そうだな、とうなずきながら腕組みをし、しばらくおとなしくしていたが、王子様がいよいよ魔女の城に乗り込む場面で「これ、食べな」と銀紙に包まれたチョコレートを渡してきた。ああ、もう、いいところなのに、めんどくさいな、はいはい、食べればいいんですね、と心のなかで「おやじうざい」という意味の呪文をつぶやきながら銀紙を開けげば、チョコは半分どろーん、と溶けている。きっと、ずっとポケットに入れていたのだろう。たまきちゃんは、もう、ほんとにひどい気分でそのチョコを、銀紙をなめるようにして食べた。

食事のときも、ひどかった。

いつもお母さんと一緒に行くのはハンバーグやスパゲッティ（蟹のクリーミーなんとかというものすごいメニューがあるときもあるのだ！）の充実したチェーン店のファミリーレストランなのだが、お父さんの場合「たまき、ここ入ろうか」と言ってチョイスしたのは薄暗い中華料理店だった。ものすごい笑顔で「たいてい、こういう、ちょっと汚れたちいさな店が美味かったりするんだぞ」なんて言っている。椅子に座った、たまきちゃんがテーブルクロスを手でさわると必要以上にぺたぺたしていた。けれども、うかつなことを言って、怒り声なんか出されるのも嫌なので、なんか、まあ、今日は、うん、こんなとこで、うん、まあ、いいか、と胸のうちで自分自身に言い聞かせた。

「たまき、なんにする」

「ラーメンでいいや」

「いいやって、なんだよ」

「ラーメンにする」

「そっか、じゃあお父さんは…………」

そのままお父さんは石になったかのように見えた。

ほんとにまばたきひとつしないでメニューをにらみつけたまま十秒後、いきなりバタンとメニューをテーブルに置いて「チャーシューメンだな！」と宣言した。

そんなにラーメンが食べたかったのか！　と思わず拍手をしたくなるような迫力で、たまきちゃんはびっくりしたが、そんな驚きもまだ序の口だったのだ。

店員のおばちゃんが「はい、おまたせー」と言って、ふたつのドンブリを運んできて、たまきちゃんの前にラーメンを置いたのだが、お父さんの前に置かれたものは……赤茶色のスープに山盛りのもやし、それよりなにより、この匂いは……どこからどう見ても「みそラーメン」だった。

あー。おばちゃん、間違えて持ってきちゃったよ、言わなきゃね、お父さん。と思っていると――。

ズ、ズゾゾゾ、ズー

大きな音を立ててお父さんがそれを食べはじめた！

たまきちゃんは気を失いそうになるほど驚いた！

そのとき、後ろのテーブルで「あれえ、俺チャーシューメンなんか頼んでねえよ」という声がした！

「え。そうですか……あ！」と、お店のおばちゃん。

たまきちゃんは、背中におばちゃんの、視線を感じた。

なんだかものすごく、熱くて、じっとりとするような視線を感じた！

このへんのやりとりも丸聞こえのはずのお父さんは、突然ものすごい量の汗をかきはじめた。それでも、

ズズズズ、ズゾゾゾゾ、ズゾゾゾゾゾゾ、ズズズー

お父さんは食べるのを止めない！　というより、明らかに、猛然と、急いで食べている！

たまきちゃんとお父さんのテーブルの脇を、チャーシューメンをお盆に乗せて、おばちゃんがゆっくりと通り過ぎる。悲しい顔で、お父さんを、じっと見つめながら。

たまきちゃんは、たいして美味しくもなんともない、味の薄いラーメンを食べながら、もう、泣きたい気分で、絶対、本屋でもなにか起きそうな気がしていた。

＊

たまきさんは衣装ダンスの前でちょっと考え、いつも着ている黒ではなく、ちょっと前に着ていた明るめの茶色のコートを選び、赤いマフラーを手に取った。少しでも気を晴らそうと、暖色系のコーディネートにしてみたのだ。服を選んでいるだけなのに、気分は少々上向いてきて、外に出てバスを待つ間、冬の冷えた空気を胸いっぱいに吸い込んでも、うん、大丈夫、という感じ。繁華街でバスを降り、ファッションビルに向かって歩道をゆっくり歩けば、からだもぽかぽかしてきて、胸や背中のあたりがあったかくなれば、少々の心配事があっても、なんだか、問題ないという気がしてきた。

たぶん、きっと、いろいろ、なんとかなるよ、と通り過ぎるクルマの列を眺めながら、たまきさんは心でつぶやき、書店でなにか気に入った本を見つけたら、ビルの前にあるコンビニエンスストアでちょっと食べものを買って、そのあとで彼氏に電話をしてみようと、決めた。

この市で一番大きな書店はファッションビルの六階にある。ワンフロア全部に本棚が並び、漫画、小説、児童書、ビジネス書をはじめ、哲学や技術系の専門書もじゅうぶんな品揃え。

店内には静かなピアノのＢＧＭが流れている。そこは、たまきさんにとって、どれだけ居ても飽きない、宝島のようなお店だ。お気に入りの作家の新刊に気がついて胸がときめいたり、一人の本好きとして培ってきた勘で、気になる一冊をチョイスしたり、訪れるたびに予想もしなかった出会いや、ちょっとしたチャレンジを堪能できる、ほとんどこの世で唯一の場所なのだ。

ファッションビルのエスカレーターから、フロアに降り立てば、胸の高鳴っているのがわかる。今日は先週のいろんな不幸を忘れて、午後いっぱい、本の森を散策しよう、たまきさんは、そう思いながら、そのまま一歩踏み出した。

最初に訪れたのは文庫のコーナーである。

たまきさんは、高校生の頃、宇宙海賊が活躍する、ユーモアたっぷりのスペース・オペラのシリーズが大好きだったのだが、たまきさんが大人になったいまも、そのシリーズは完結していない。五年くらいの間隔で文庫の新刊が登場する、息が長い作品となっており、たまきさんは書店に来るたびに新刊が出ていないかチェックするのだ。

今日も出ていないのかー、と、ちょっと残念がりながら、そのままＯＬ探偵団とも言うべき仲良し三人組が会社の悪を退治するシリーズの最新作を手に取る。実は前作がいまいちな感じだったので、とりあえず冒頭を読んでみた。

うーん。ちょっと、キープだな。と、心でつぶやくたまきさん。そのまま書棚に戻し、今度は絵本の棚に向かった。そこには小さな子ども用の椅子や、ブロックなど音の出ない遊具を置いたコーナーがあり、ちいさな子どもたちが絵本や、隣の児童書の棚から本を持ってきて、自由に読んでいる。そんな風景を見るのも、たまきさんは、心がほっこり、あたたかくなる気がして気に入っているのだ。

たまきさんは最近、ちいさな子どもの日常のふしぎや、動物たちが活躍する絵本を好んで読むようになっている。ひょっとすると、彼氏と結婚したいなあ、という気持ちがちょっと出てきたのかもしれない、と自分自身の行動を分析していたりもする。

たまきさんは、土の下に隠したどんぐりの場所を忘れたリスが、モグラと一緒に地中の生き物を訪ねて探し回る絵本を手に取って読みはじめた。とぼけた味わいの絵がいいなあ。そう思って、ニヤニヤしていると、なんだか耳になじんだ声が聞こえた。

！

頭の上にエクスクラメーションマークが、ドカンと登場したような感覚。

胸がドキッとした。

書棚の脇からそっと、向こうを眺めると、レジの近く、週刊誌などを並べた棚のあたりに、どう見ても、おとといケンカしたばかりの彼氏の後ろ姿があった。

？

クエスチョンマークが、ひょこん、と頭の上に登場し、

？　？　？　？

なんて感じで、どんどん増えてゆく。

彼氏の前に立って、にこにこしているのは、たまきさんの学生時代からの親友と言っていい女の子で、もちろん、彼氏とも知り合いである。知り合いであるが……頬をかすかに赤く染めた友人の、あんな表情など見たこともない。しかも、なんだか、べたべたと、じゃれつくように、意味もなく彼氏にふれている。

たまきさんは二、三秒ほど思考停止したあと、目をまんまるにした。

こ、こ、こ、これはっ？

たまきさんが驚いていると、彼氏はなんと、友人の腰に自然な感じで手をまわし、そのままレジに歩きはじめるではないか！

こ、こ、こ、こ、こ、こ、これはっ！

そこで、たまきさんは顔を引っ込めたのだが、なんというか、腰が砕けて後ろによろめいた、みたいな感じで、近くの子ども用椅子に座って『ぐりとぐら』を読んでいた女の子が「わっ」と声を出して、よけるほどだった。

「あ、ごめんね。ごめんなさい」とたまきさんが、その子に謝ると、その子は「なにしてくれてんの」と怒鳴った上司のように、いかにも「こいつ使えん奴だな」みたいな目つきで一瞥をくれたあと、そのまま本に向き直った。

でも、いまのたまきさんには、そんな子どもの冷ややかな視線もたいした問題ではない。いや、まさか、まさかだよね。と、心で何度も唱え、そうだ！　おとといのあたしとのケンカを友人に相談してたのかもしれないし！　と、納得できる答えをひねりだしても、すぐに、でも、また、なんで書店で？　という疑問が浮かび、彼氏は本なんてさっぱり読まないし、ああ、でも友人はあたしと同じように本好きだったっけ……と思えば、あれっ？　あれはやっぱり、あわわわわ、なんて感じで頭のなかがぐるぐるとしてきて、言葉も感情もそのままぐるぐるのなかに巻き込まれ、なんだか泣きたくなってきたその瞬間、

「たまき、あきらめろ!」

いらついた男の——ちょっと抑制はきかせているけれど、どうしても大声になってしまう——という言葉が後頭部のほうからぽーん、と飛んできて、たまきさんはふたたび心臓が止まりそうなほど驚き、隣の児童書の棚を振り向けば、なんだか疲れた雰囲気の中年の男が立っていて、その前には、ちっちゃな女の子が文庫本のボックスセットを必死に抱えたまま泣きそうな顔で床をにらんでいた。

*

たまきちゃんは、今年の夏も、お母さんと一緒にこの本屋さんを訪れ、本を五冊くらい買った。そのうちの一冊にJ・R・R・トールキンの『ホビットの冒険』があり、お母さんにも「たまきぃ、こんなに長くて難しそうな本、読めるの?」と、そのとき言われたのだが、もともと、読書好きのたまきちゃんは見事に、おおいに面白がってその本を読み終え、大冒険の余韻と興奮も冷めやらぬその日のうちに「お母さん、これねえ『指輪物語』っていう続編があるんだって。今度さ、冬休みになったらさ、買ってくれる?」と頼めば「えー。たまき、あれ読めちゃったの。すごいねえ。じゃあ、冬休みに買いに行こうか」と、事前の準備はオールオッケーだったのである。

だが、しかし、書店でたまきちゃんが「これこれ、ここにあったよ！」と満面の笑みを浮かべて指輪物語の全十巻ボックスセットを指させば、お父さんは、おお、これか！　さっそくレジに持って行かなくちゃな！　などと言うはずもなく、むすっとしたまま、それを手に取り、まず、値段を見て驚いた。

七千円だと……。

お父さんは次に箱を書棚の前の平台に並べられた本の上に置き、一冊取り出して、中身をぺらぺらめくってみた。結論としては、まず、高い。そして、これがこの子に読めるだろうか。いくら本好きとは言え、少し早いのではないかなあ。

というわけで、取り出した本を戻して、ひと言。

「たまき、今日はちがうのにしなさい。これはお前には早すぎる」

？　なんて感じでクエスチョンマークがたまきちゃんの頭の上に浮かび、

一瞬後、

！　エクスクラメーションマークへと変わった。

たまきちゃんにしてみれば、お父さんがなにを言っているのか、まったくわからない。というか、心変わりの理由がわからない。

ひょっとして、そもそも、お母さんからなんにも聞いてないのかな。というわけで台の上に置かれたボックスセットを両手で抱え、お父さんと向きあうと「お母さんと約束したもん。これ買うって言ったもん。夏から楽しみにしてたもん。今日はこれだけ買えれば、それでいいよ。だって、だって、これを買いに来たんだよ？　あのさ、お父さん、あのさ……」など思いつく限りの理由を並べてお父さんに伝えようとしたのだけれど、返ってきた言葉は——。

「たまき、あきらめろ！」

いらだちを含んだ、いつもの声だったのだ。

「これは、お前にはまだ早い。中学生くらいが読む本だ。買っても無駄になるだけだ」

お父さんのバカ、と言って泣きたいところだったけれど、そこをぐっと我慢して、足元を見つめながら、たまきちゃんは言葉をつづけた。

「だって、だって『ホビットの冒険』も、あっという間に読めたもん。難しくても、勉強して読めるようになるもん」

頭の上に、お父さんの冷たい視線を感じる。でも、負けない。

「ぜったい、ぜったい、勉強もがんばるよ。だから、だからさ」

たまきちゃんがそこまで言ったところで、突然こんな声が横から聞こえた。

「ホビットが読めたのなら、もしかすると読めるかもしれませんよ」

たまきちゃんも、お父さんも、ハッとして声の方向を見ると、なんだか、真っ青な顔をした、茶色のコートに赤いマフラーのお姉さんが立っていた。服を見てもわかるように、なんだか店員さんじゃなさそうだ。そして、なんだかちょっと、おっかない顔をしている。

「あたし、それ読んだの、小学生のときでした。たぶん、六年生です」

たまきちゃんのお父さんは、ちょっとびっくりして「はあ……」と言い、つづいて、よっぽど混乱したのか「そ、それはどうも」と頭を下げた。

その姿を見たお姉さんは「あ、あの、その、どうもすいません」と、なんだかあわてふためいて、真っ青だった顔がどんどん真っ赤になってきて、お父さんにお辞儀をすると、スタスタと向こうへ歩いて行ってしまった。

お姉さんの背中を見送ったお父さんは深々とため息をついた。

そして、そのまま十秒くらい、ぼんやりフロアを眺めていた。

「がんばるよ。約束するよ」と、ちいさな声で、たまきちゃんは言った。

そこでお父さんは、たまきちゃんのほうを向き、こう言った。

「じゃあ、それ全部読むって約束するか。いまの人は小六って、言ってたけど、小学生のうちに読めなきゃ、中学生になってからでもいい。そう約束するなら買ってやる」

たまきちゃんは、お父さんの顔を見ながら、ボックスセットを抱きしめたまま、飛び上がった。

とっても、うれしくて、二度も、三度も、笑顔で跳ねた。

*

たまきさんは、ファッションビルの前にあるコンビニエンスストアの店内で、なんで、あんな見知らぬ親子に声かけちゃったのかな、と考えていた。ひょっとすると、しょんぼりしていた自分と同じ名前の女の子に、ドジと不運のフルボッコ状態みたいな自分を重ねてしまったのかもしれないな……。

それにしても、ああ、恥ずかしい。

顔を真っ赤にしたままコンビニエンスストアに駆けこんだ、たまきさんだったが、喉がちょっと渇いているけど、なにが飲みたいのかよくわからない、おなかも少し空いているけれど、なんだか、なにかを食べるのも、もう、めんどくさい、という感じで、ゆっくり店内を歩き回り、飲料ケースの前に立った。

そういえば、彼氏への電話をどうしようかな——最初の予定では書店を出たあたりで電話をするはずだったのだが、たまきさんは、もう自分から電話しないで、相手からかかってくるのを待とうかと、心変わりしていた。やはり、店内で見たあの光景は、ただごとではない気がしていた。最悪の場合、心の支えのような人が、身の周りからいなくなってしまうかもしれないのだ。

メールもしないでおこう。そして、成り行きにまかせよう。

たまきさんは、そう心に決めると、さっぱりレモン味のソーダと、ハムとレタスのサンドイッチを買い、店を出た。

すると、ファッションビルの入り口から、さっきの書店で出会った親子が出てきた。ちいさなたまきちゃんは、心の底からにこにこしており、書店の袋を抱えている。父親がたまきさんに気づき、軽く会釈した。

たまきさんも、軽く会釈を返すと、ちいさなたまきちゃんは書店の袋を重そうな仕草で片手に持ち替え、おおきく、おおきく手を振った。そして、元気な声で、たまきさんに、こう言った。

「がんばります！」

たまきさんも、手を振った。

ちいさなたまきちゃんは、とても幸せそうな顔をしていた。

そして、そのまますれ違った。


たまきさんは歩きながら、しばらくの間、たまきちゃんの言葉が耳から離れなかった。

がんばります、がんばります……ねえ。

なんとなく、声に出してみた。

「がんばり……ます」

ほんの少し。

ほんの少しだけ、気分が晴れたような気がした。

これは、どうしたことか。ちょっととまどいながら、もう一度繰り返してみる。

「がんばります」

すると、なんだか、憂鬱な不安を抱えたまま、目も耳も塞いでしまおうとしていた、さっきまでの自分の姿が見えてきて、なんか、これじゃダメなのでは、と思える気がしてきた。

そこで今度は、ちょっと大きな声で言ってみた。

「がんばります！」

三度声に出すと、まるで自分が魔法の言葉を唱えたような気持ちになった。

怯《おび》えたところで、なにも変わらない。

とにかく、前に進むのだ。

たまきさんは、よし、と自分に気合いを入れて、ポケットから携帯電話を取り出し、彼氏の電話番号を押した。

11　七月　最終土曜日　午後　――文芸部室の三人

小型ラジオからは、番組の特集だろうか、さっきからずっと年代物のサーフ・ロックがかかっている。

宇喜夫が花園先輩の作品を読んでいる間、宗介は花園先輩に『いまさっき書いたシャーペンの作品』とやらを、パソコン画面で花園先輩に読んでもらっていた。

「どんな感じですかね」と宗介。

「なんかねえ」と、にやにやしながら花園先輩。「初々《ういうい》しくて、いいんじゃないのう」と上機嫌な様子だ。

「まだ、タイトル考えてないんすよ。どんなのがいいと思います？」と宗介。

「うーん」と、花園先輩が悩んだのは、ほんの二、三秒で「あれだ。『最高のシャーペン』でいこう。これ」と断言した。

「ありがとうございます！」と宗介。なんだか盛り上がっているようだ。

「ところでさあ、この宗介くんって、もちろん、宗ちゃんだよね」と、宗介を指さす。

「やめてくださいよ」と宗介。「文字にしちゃったら、それはもう、俺のことじゃないですよ」

「言うねー」と花園先輩。よりいっそう、にこにこしながら「わかってるねー」とつづけ、ぱちぱちと拍手した。そして「いちおう、そう言っとかないとねー」

そこで宗介と花園先輩は、ふたりで顔を見合わせ、なんというか、ひひひ、と悪だくみをしている小悪党のような笑い声をたて、そのあとは、ビールを片手に、最近読んだ小説の話や、最近話題の新作はどうだとか、あのロックバンドの新曲はこうだ、とか雑多な話題について言葉を交わしはじめた。

「なるほど」と、花園先輩の作品を読み終えた宇喜夫。「いいんじゃないでしょうか。はい」

「おー」と花園先輩は声をあげ「よかった？」

「はあ」

「どんなとこが？」

「ラーメン屋のくだりとかですかね」

花園先輩は、相変わらず適当な感想だねえ、と、ぼやいて、にやり、と微笑み「ありがと」と言った。

「そういえば腹へってきたなあ」と宗介。

花園先輩は缶ビールに口をつけたまま上を向いて、ズ、ズーッとすすり「あたし、このあとも予定があるんで、そろそろこのへんで、って感じなんだけど」と言いながらバッグの中から封筒を取り出し、「これ、カンパね」と言って机の上に置いた。

「ありがとーございます！」宇喜夫と宗介が声をそろえて叫ぶと、彼女は「あと、あたし、今度、結婚するんで」と、さらっと言った。


へ？


「あらまー、おめでとうございます！」と宗介。

宇喜夫はその声を聞いて、我に返り「あ。おめでとうございます」と、やっとの思いで声に出した。

「どんなお相手なんですか」宗介の質問に、彼女は笑顔で答える。

「博物館のキュレーター。んー。母方の実家がさ、これが神社なんだけど、なんか言い伝えがある家だったのよ。それを作品の参考にした地元の作家さんがいてね、藤尾雨太郎っていうんだけど、そのお孫さん。自分が担当するゼミの準備で、知りあったの」

「キュレー……ター？」と宗介。

「学芸員」と花園先輩。

「はあ」宗介は、まだなんだかわかっていないようだ。

「まあ、そんなわけなんで、式はまだ先なんだけど、二次会とか、出席よろしくね」

「喜んでー」どこかの居酒屋みたいな宗介の受け答え。

宇喜夫も「存分に！」と、正しいのか正しくないのかよくわからない言葉を返した。

「じゃあね」と立ち上がり、微笑みながら軽く手を振ると、花園先輩は、宇喜夫が初めて会ったその日のように、長い髪を、ふわふわさせながら部室を出て行った。

その背中を宇喜夫はぼんやり眺めていたが、彼女の姿が視界から消えて、少し経つと、いきなり椅子を跳ね飛ばすようにものすごい勢いで立ち上がり、階段へと走った。

花園先輩はまだ、階段を下りている途中だった。その背中に向かって、宇喜夫は声をかけた。

「たまきさん！」

宇喜夫が花園先輩を、名前で呼んだのは、それが最初で最後だった。

彼女の歩みが止まる。

「しあわせになってください！」

花園先輩は、くるり、と振り返り、宇喜夫に向かって、ぐい、と握った右の拳を差し出すと、ぴん、と親指を立てて「がんばります！」と、笑顔で答えた。


宇喜夫が部室に戻ると、宗介は、宇喜夫がアパートから持ってきた、春遅くに発行された文芸誌のあるページを眺めていた。

「先輩、帰った？」

「ああ」宇喜夫がそう答えると、宗介は手に持った文芸誌の文学新人賞中間発表のページを宇喜夫に向け「なんで、これ言わなかったのさ」と言った。

小説部門の二次予選通過者には「濱田ウッキー」の名前があった。

「ウッキー、ずっと努力してたじゃん。きっと、先輩だって、喜んでくれたぜ」

宇喜夫は椅子に、どさっと腰かけ「喜ぶったって……」と、つぶやくように言ってから
「結婚の喜びには、勝てねえだろ。三次で落ちたし」

「ええっ？」

なに言ってんの、疑問がありますま的な声をあげた宗介は、そのページをしげしげと眺めな

がら、こうつづけた。

「めでたい話に、勝つも負けるもないじゃん」

ラジオではまだサーフ・ロックの特集がつづいていた。リバーブが効いた、どこか儚《はかな》げなギターの音が聞こえてくる。

「そうだよな」と、宇喜夫。

返事をしたその瞬間、ラジオが乗った本棚も、文芸誌を眺めている宗介も、雑誌やゴミやガラクタが散乱する机の上も、目に映るすべてのもの、なにもかもが、突然、ぼんやり、にじんで見えてきた。

「勝ちも、負けも、ねえ、よな……」

その声は、震えていた。

なぜだろう、目が熱い。

涙が出てきた。

そして、止まらない。

宇喜夫はうつむき、喉の奥から漏れそうになる悲鳴のような声を押し殺し、首にかけた湿ったタオルで、両目をゴシゴシ拭いた。

拭いても拭いても、涙の粒がこぼれてくる。

夏の暑さに火照った頬を、ただ、流れてゆく。

そんな宇喜夫を見て、宗介は手にした文芸誌をそっと机の上に置いた。

「ウッキー、今日は飲もうか」そして「俺の部屋で飲むなら、サバ缶もまだあるよ。酒代だけ、割り勘にしよう」

「お前って、いいやつ、だな」声はまだ震えている。宇喜夫はタオルで顔をこすりながら、それでも、こうつづけた。「サンダル履くの、忘れるなよ」

「さすがウッキー。気が利くねえ」

宗介は椅子に座ったまま体を動かし、窓の下にそろえて置かれたサンダルに足を突っ込むと、立ち上がった。そして本棚の前に移動すると「じゃあ、行こうか！」と明るい声で言いながら小型ラジオに手を伸ばし、スイッチをオフにした。

12 七月　最終土曜日　夕方——喫茶店の三人

「で。今後なんですけど、上京して執筆するとか、予定はないんですか」

宇喜夫は、軽く驚いた。そんなことは考えたこともなかったのだ。

「いや、まあ、勧めもありますし……そういう予定はないですねえ」

宇喜夫がそう言うと、東京からやって来た新聞社の文化部記者は、無精ひげを片手でなでながら、ひとりごとをつぶやくように「来ると面白いと思うんですがねえ」と言ったあと、まるで自分の言葉に自分で賛同するかのように、うんうん、とうなずき、小さなノートを閉じ、こうつづけた。

「今日は長時間ありがとうございました」

そして立ち上がり、宇喜夫に向かって手を差し出す。握手を交わすふたり。

「こちらこそ、こんな遠いところまで来てもらって」と宇喜夫。

「いえいえ、お話しできて楽しかったです。今度はゆっくり来れるといいんですが」

記者はそう言って微笑んだ。

宇喜夫はカフェの前で記者が駅の方向へ歩いてゆくのを見送ると、深く息をついた。昨夜からの緊張が解けたのだ。記者と会って話をするのは初めての体験だったし、なにをどう言えばいいのか、なにもかもさっぱり見当がつかなかった。人間、三十歳を越えてから初めてなにかを体験するとなると、構えてしまって、考えなくていいこともいろいろと考えてしまう。幸い、記者は、にこにこと笑顔で帰ってくれたし、たぶん、大きな失敗はしなかったのだろう。

それにしても、なんだか肌寒いな、と感じた宇喜夫は、手に持っていた夏用のジャケットに袖を通した。来週には八月を迎えるというのに、鉛色の空に塞がれた今日のこの街は、涼しく、強い風が吹いている。

大きな用事を終えて、少し気持ちに余裕が出たこともあり、宇喜夫はすぐ近くにあるファッションビルに立ち寄り、六階の書店を覗いてから帰ろうかという気分になった。

そのまま横断歩道を渡り、ファッションビルの自動扉の前に立とうとしたそのとき、小さな女の子がキャッキャと笑いながら小走りで駆けてきて、宇喜夫の脇をすり抜け、ガラスの扉に全力で激突した。

このビルのガラス扉は非常に大きく、過剰に透明であり、けっこう反応が遅い。実は宇喜夫もこのビルができた当初、ガラスに気づかず――いや、ここにガラス扉があるということは知っていたにもかかわらず――激突したことがある。

これはものすごく痛いぞ、と身をもって知っている宇喜夫は、ガラス扉がヴィーンと音を立てて開いても屋内へは入らず、その場でしゃがみ、仰向けに倒れた女の子の背中を起こす。そして「ねえ、君、だいじょうぶ？」と尋ねたのだが、それと同時に女の子は、わあわあと泣きはじめ、その泣き声を聞いた瞬間、宇喜夫は、成人男性なら誰でも、幼い女の子に声をかけただけで不審者として通報される時代に暮らしていることを思い出した。

あ、これはいかん。

宇喜夫は瞬間的に思った。

地べたで泣いている女の子とその横で話しかける中年男がいる光景――いかん。この図は、いかん！

すると案の定、後ろから「ちょっと！」という女性の怒鳴り声がはっきり聞こえ、気が遠くなりそうな感覚を感じながら宇喜夫が振り向くと、そこにはハンドバッグを頭上に振り上げた、怒り心頭の花園先輩が立っていた。

！

とびきり鮮やかな感嘆符を頭上に出現させたまま宇喜夫が、あまりのことに固まっていると、花園先輩も宇喜夫に気がつき「あ。ウッキー！」と驚いたものの、ハンドバッグを振り下ろす動作にブレーキをかけるのは間に合わず、宇喜夫は脳天に激痛を感じたのであった。

「あらためて、ごめんなさい」

花園先輩は頭を下げた。たぶん宇喜夫が生まれて初めて目にする花園先輩の謝罪である。

宇喜夫の脳天にバッグを叩きつけたあと、一部始終を見ていた通行人のおばさんから事情を聞いた花園先輩は、その場でも、あ、すいません、すいません、と謝っていたのだけれど、それはなんとなく、宇喜夫ではなく、そのおばさんに謝っているように聞こえていたのだ。

もしかすると、まだ俺は、なにかをこじらせてるのかもしれないなと、宇喜夫は思ったのだけれど、こうしてファッションビルの二階にある喫茶店で向きあうと、それだけで懐かしく、学生時代に戻ったような気がする。「この子、落ち着きなくて、ちょっと目を離すとどこ行っちゃうかわかんないのよ」なんていう花園先輩の声が、とても新鮮で、懐かしい。

「ユミっていうの。ほら、ユミ、おじちゃんに挨拶しなさい」

ユミちゃんは横目で窓の外を見ながら「こんにちはー」

「こんにちはー」と笑顔で返事をする宇喜夫。しかし内心では『おじちゃん』と呼ばれたことに動揺している。その心の動きを隠したいということもあって訊いてみた。

「ユミちゃんはいくつなんですか?」

ユミちゃんは片手を広げて高々とあげた。

「あ。いつつなんだー」と宇喜夫。

そこで一瞬、宇喜夫と目が合うと、ユミちゃんはプイ、と横を向いてしまった。

宇喜夫は向かいあうふたりの間に横たわる、干支ひとまわり分の時間を感じていた。自分はそろそろ青年から中年に差し掛かろうかという時期で、おなかもたるんできた。そして彼女の横には、彼女の小さな娘がちょこんと座っている。なにもかも変わってしまった。花園先輩の娘は彼女にそっくりで、まだ、目は赤いけれど、入り口での騒ぎから、そんなに時間も経っていないのに、けろりとした顔をしている。目の前にクリームソーダがやってきたら、とたんに笑顔になった。

「それにしても、ひさしぶりだよねー」コーヒーカップを片手に話しはじめる花園先輩。

「そうですね。十二年ですかね」と宇喜夫。

「そうだよ。あの、文芸部の部室で結婚式に来てよねーって言って以来だよ」

「あ。そうでしたっけ」

宇喜夫はとぼけたふりをして熱いコーヒーをひとくち啜るが、もちろん覚えている。

「結局、二次会に来なくてさ、そのあと参加した文芸部系の飲み会にも来なくて、てっきり、あたしは避けられてるのかと思ったよ」

「いえ、たまたまですよ。自分は、あんまり、そういうの参加しなかったんで」

「ふうん」

そこで花園先輩はひとくちコーヒーを飲んだ。「それで、そういうのに参加しないで、ずっと、小説書いてたんだ？」

「はあ、まあ、そうですね」宇喜夫の心臓は、大きく鼓動を打った。

「小説、受賞、おめでとう」

「あ。ありがとうございます」

「本、読んだよ。作家になったんだねー。あの、ウッキーが」

宇喜夫は春に文学賞を獲り、夏に初めての作品を出版していた。青春の終わりを迎えたひとりの会社員が日々のトラブルに右往左往する様を、全ページ〝しゃべりっぱなし〟とも感じられる、息の長い、饒舌《じょうぜつ》な文章で綴ったものだ。

宇喜夫は顔が真っ赤になった。

「いや、あの。まだデビューしたばっかりなんで。それに、その」

「それに？」

「はあ」宇喜夫は素直に、思ったことをそのまま言った。「全部、花園先輩のおかげです。あの、ほんとに、感謝してます」

それだけ言うと、宇喜夫はコーヒーを、ごくごく、と飲み干した。

「おー」と花園先輩。「それは、うれしいよ！」

ぷはー、と息を吐き出し「ほんとに、ほんとです」と言ってコーヒーカップを置くと、こうつづけた。「いろんなことを教えてもらって、それで、ようやくって、感じです」

「うれしいねー」と花園先輩。「なかなか、面白かったよ。けっこう癖のある文体だったけど、こういうところにたどりついたのかーって感じもして、昔を知る者としては、なんか感じるものもあったよねー」

そして、ふと真顔になった。

「プロになるって、どんな気分？」

「うーん」宇喜夫は真剣に悩む。「まだ印刷会社の仕事もつづけてるし、プロかどうかもわかんないです」

「なるほどー」

「夢の実現を目指してがんばったとして、願いがかなっても、べつに夢の世界に行けるわけじゃないんですからね。ゴールはいつだって現実で」

「ふむふむ」

「ゴールっていうより、新しいスタートなんですよね。そこは、いつでも」

事実、宇喜夫は担当編集者に冬までには新作をと言われているのだが、なにを書いたらいいのか、さっぱり思いつかないのだった。

「なんていうか、とにかく、つづいてゆくだけです。というか、つづけられるようにしないと……」

「たいへんねー」頬杖をつく花園先輩。そして「ウッキー、結婚は？」

「全然ですね」

「あらー」

「誰かいい人いたら紹介してほしいです」

目をパチリ、と見開く花園先輩。

「紹介しようか？」

「やっぱり、いいです」間髪をいれずに宇喜夫。

花園先輩は、「あいかわらず適当な……」なんて、ぼやきながら、にこにこしている。

「そういうとこ変わってないよね」そして「ところで、宗ちゃんは、いま、なにやってんの？」

「あいつはいま、中学校で理科の教師やってます。臨時教員の期間が長くて苦労したみたいですけど。たまに手紙とか来ますよ」

「手紙？」

「はあ。手紙です」思わず、微笑む宇喜夫。

「メールじゃなくて？」

「メールじゃないです」

「宗ちゃんも、変わんないんだねえ」

「そうですねえ」そう言うと、宇喜夫は椅子の背もたれに体を預けた。ようやく緊張も解けてきたような気がする。「あいつも、変わんないです」そして「先輩は、まだ就職情報誌の会社にいるんですか」

「うん、うん。育休とか制度もしっかりしてたし、ずっと、お世話になってるって感じかな。昇進もしたしね。実家には、おじいちゃんもいて、この子の面倒見てくれるし、恵まれてると思うよ」

花園先輩の子どもは、ギリシャ文字のωにそっくりなしわを眉間によせながら、長くて細いスプーンをぐいっとつかみ、きれいな緑色のソーダに浮かんだアイスクリームのまるい山を、掘っては口に運んでいる。

「クリームソーダおいしい？」宇喜夫がそう尋ねると、無言で、うん、とうなずいた。

「ママはやさしい？」つづけてそう訊くとユミちゃんは眉をちょっと、上にあげクリームソーダを凝視したまま「こわい」と、言ってからストローをつかんでソーダを飲んだ。

「こらこら、ウッキー。そういうことは、いきなり訊かないの！」

宇喜夫は笑いをこらえた。

「ほんとにこの子は、まったく、もう」

そう言う花園先輩も、笑顔で愛娘をじっと見つめている。

「そういえば、先輩はあれから小説のほうは……」

「んー。書いてない書いてない」

花園先輩は腕を組み「いま、あたしはそれどころじゃないしね」そして「この子をちゃんと育てないと。それからまた、書きたいと思ったら書こうかな」

宇喜夫はうなずき、こう言った。

「書いたら、ぜひ、読ませてください」

花園先輩は、にっこりと微笑む。

「ありがとう」

そして拳を前に突き出し、親指をぴん、と立てた。

「ウッキーも、がんばってね！」

母親のそのポーズを見て、なぜかユミちゃんも真似をし、宇喜夫に向かって親指を立てた。宇喜夫が「ユミちゃんも、ありがとね」と言うと、へへへ、という感じで微笑んだ。


喫茶店で三十分ほど過ごしたあと、花園先輩と別れた宇喜夫は、ファッションビルの隣にある、巨大なバスターミナルへと向かった。

夏の盛りというのに天気は悪く、風は冷たく、夕方の空は鈍い灰色のまま、ゆっくりと黒ずんでゆく。

バスがやってくる間、宇喜夫は、ぼんやり通路を行き交う人々を眺めていた。

皆、足早に家路に向かい、歩いていた。

コンクリートでできた巨大な天井の影があたりを黒く塗りつぶすその向こうから、銀色のバスがゆっくりと、体を震わせながらやってきた。


七つ目のバス停で降りると、そのほとんど正面に宇喜夫が暮らす二階建てのアパートがある。

宇喜夫は階段を上り、ドアの鍵を開け、アパートの部屋に戻ると、灯りを点けた。テレビのスイッチを入れ、ニュース番組にチャンネルを合わせる。

冷蔵庫から冷凍食品のスパゲッティを取り出し、レンジで解凍すると、テレビの前のローテーブルに置き、そのまま床に座り、今日一日の出来事を確認しながらビールと一緒に、胃に流し込む。

食べ終わったあとで宇喜夫は食器を片付けもせず、テレビを消し、ローテーブルの隅にあったノートパソコンを立ち上げた。

宇喜夫は、あの夏の一日を思い出していた。

そしていま、その一日をひとつの物語にしてしまおうと考えていた。

いつでも、そこへ帰れるように。

自分がどこから来た何者か、忘れないように。

宇喜夫は、ゆっくりキーボードを叩き『物語はいつも僕たちの隣に。』と、タイトルを書いた。

そして、背筋を伸ばすと、つづきの言葉を、こんなふうに、一気に書きはじめた。

蛇口から、ぽつん、と落下する水滴に目をとめたその瞬間、宇喜夫《うきお》は、かすかに震えるしずくの表面に、コップを持った自分の姿や背後の部屋の本棚、開け放った窓の向こうの青い空まで映っているような気がして、その、ゆっくりと回転する、ひと粒の水のなかにもうひとつの現実があり、こちらを覗きこむもうひとりの自分が存在すると、はっきり感じて驚いたのだが、その直後、水滴はステンレスのシンクの底で……

丸山浮草
Ukikusa Maruyama

1966年生まれ。新潟県在住。
新潟大学法学部卒業後、地元デザイン会社企画課長を経て、
フリーランスのコピーライター。
『ゴージャスなナポリタン』(第二回「暮らしの小説大賞」受賞
／産業編集センター刊)がある。

物語《ものがたり》はいつも 僕《ぼく》たちの隣《となり》に。

2016年11月22日　第一刷発行

著者　丸山浮草
発行　株式会社産業編集センター
〒112-0011東京都文京区千石4-39-17
印刷・製本　大日本印刷株式会社

ISBN978-4-86311-142-4　C0093

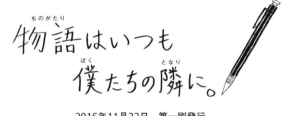